O FANTASMA de CANTERVILLE
e outras histórias

Título original: *The Canterville Ghost and Other Stories*
copyright © Editora Lafonte Ltda. 2021

Todos os direitos reservados.
Nenhuma parte deste livro pode ser reproduzida por quaisquer meios existentes sem autorização por escrito dos editores.

Direção Editorial Ethel Santaella

REALIZAÇÃO

GrandeUrsa Comunicação

Direção *Denise Gianoglio*
Tradução *Otavio Albano*
Revisão *Diego Cardoso*
Capa, Projeto Gráfico e Diagramação *Idée Arte e Comunicação*

```
Dados Internacionais de Catalogação na Publicação (CIP)
       (Câmara Brasileira do Livro, SP, Brasil)

   Wilde, Oscar, 1854-1900
      O Fantasma de Canterville e outras histórias /
   Oscar Wilde ; tradução Otavio Albano. -- 1. ed. --
   São Paulo : Lafonte, 2021.

      Título original: The Canterville Ghost and Other
   Stories
      ISBN 978-65-5870-063-0

      1. Contos irlandeses I. Título.

21-57109                                       CDD-Ir823
```

Índices para catálogo sistemático:

1. Contos : Literatura irlandesa Ir823

Aline Graziele Benitez - Bibliotecária - CRB-1/3129

Editora Lafonte

Av. Profª Ida Kolb, 551, Casa Verde, CEP 02518-000, São Paulo-SP, Brasil — Tel.: (+55) 11 3855-2100
Atendimento ao leitor (+55) 11 3855-2216 / 11 3855-2213 — atendimento@editoralafonte.com.br
Venda de livros avulsos (+55) 11 3855-2216 — vendas@editoralafonte.com.br
Venda de livros no atacado (+55) 11 3855-2275 — atacado@escala.com.br

OSCAR WILDE

O FANTASMA de CANTERVILLE
e outras histórias

Tradução
Otavio Albano

Brasil,
2021

Lafonte

SUMÁRIO

O FANTASMA DE CANTERVILLE 7

O CRIME DE LORDE ARTHUR SAVILE 61

O MILIONÁRIO MODELO 123

A ESFINGE SEM SEGREDO 135

O FANTASMA DE CANTERVILLE

CAPÍTULO 1

Quando o sr. Hiram B. Otis, o ministro americano, comprou a propriedade de Canterville, todos lhe disseram que ele estava cometendo uma grande tolice, já que não havia nenhuma dúvida de que o lugar era assombrado. De fato, o próprio lorde Canterville, que era um homem de muitos escrúpulos e honradez, sentiu ser sua obrigação mencionar o fato ao sr. Otis quando foram discutir os termos da compra.

— Nós mesmos nunca mais tivemos vontade de habitar o lugar — disse o lorde Canterville — desde que minha tia-avó, a viúva duquesa de Bolton, foi acometida por tamanho susto – do qual nunca conseguiu se recuperar – quando sentiu em seus ombros duas mãos de um esqueleto enquanto se vestia para o jantar, e sinto-me obrigado a dizer-lhe, sr. Otis, que o fantasma foi visto por vários membros ainda vivos da minha família, assim como pelo vigário da paróquia, o reverendo Augustus Dampier, que é membro do King's College[1], em Cambridge. Depois do desafortunado incidente com a duquesa, nenhum dos criados mais novos quis permanecer conosco e lady Canterville passou a dormir muito pouco à noite, em consequência dos misteriosos ruídos vindos do corredor e da biblioteca.

---

[1] King's College é uma faculdade da Universidade de Cambridge, na cidade de mesmo nome, na Inglaterra. Foi fundada em 1441 por Henrique VI e é, até hoje, uma das instituições de ensino mais tradicionais do Reino Unido. (N. do T.)

— Meu caro lorde — respondeu o ministro —, fico com a mobília e o fantasma pelo valor combinado. Venho de um país moderno, onde temos tudo que o dinheiro possa comprar; e, com todos os nossos animados jovens agitando o Velho Mundo e atraindo seus melhores atores e prima-donas, suponho que, se houvesse qualquer coisa parecida com um fantasma na Europa, em pouquíssimo tempo já o teríamos em algum de nossos museus ou como atração ambulante.

— Receio que o fantasma exista realmente — disse o lorde Canterville, sorrindo —, embora ele possa ter resistido às investidas de seus arrojados agenciadores. Ele já é bastante conhecido há três séculos, desde 1584, na verdade, e sempre aparece antes da morte de algum membro de nossa família.

— Ora, nessas ocasiões também aparece o médico da família, lorde Canterville. Mas não há, meu senhor, nada disso de fantasma, e imagino que as leis da natureza não seriam canceladas em favor da aristocracia britânica.

— Os senhores são certamente muito espontâneos na América — respondeu lorde Canterville, que não chegou a compreender o último comentário do sr. Otis — e, se o senhor não se importa em ter um fantasma na casa, está tudo bem. Apenas lembre-se de que lhe avisei.

Algumas semanas depois, com a compra finalizada e o fim da estação, o ministro e sua família mudaram-se para Canterville. A sra. Otis, que, como a srta. Lucretia R. Tappan, da West 53rd Street[2], fora celebrada como uma das beldades de Nova Iorque, era agora uma senhora de meia-idade muito bonita, com belos

---

2 Rua de Manhattan próxima ao Central Park e um dos locais mais caros e exclusivos da cidade. (N. do T.)

olhos e um magnífico perfil. Muitas damas americanas, ao deixarem sua terra natal, adotam uma aparência de fraqueza crônica, acreditando ser isso uma espécie de refinamento europeu, mas a sra. Otis nunca incorreu nesse erro. Ela possuía uma compleição grandiosa e uma exuberância natural em profusão. Na verdade, em muitos aspectos, era bastante inglesa e um excelente exemplo de que realmente temos tudo em comum com os Estados Unidos da América hoje em dia, exceto, é claro, a língua. Seu filho mais velho, nomeado Washington por seus pais em um momento de patriotismo – algo que ele nunca deixou de lamentar –, era um belo jovem de cabelos claros e se qualificara para a diplomacia americana ao levar os alemães ao Cassino Newport[3] por três temporadas seguidas, e até mesmo em Londres era conhecido como um excelente dançarino. As gardênias e a nobreza eram suas únicas fraquezas. Fora isso, era extremamente sensato. A srta. Virginia E. Otis era uma mocinha de quinze anos, ágil e adorável como um cervo e com uma delicada autonomia em seus grandes olhos azuis. Era uma admirável amazona e, certa vez, disputara uma corrida em seu pônei com o velho lorde Bilton, dando duas voltas ao redor do parque e ganhando por um corpo e meio, bem em frente à estátua de Aquiles, para imenso deleite do jovem duque de Cheshire, que pediu sua mão em casamento ali mesmo e foi mandado de volta para Eton[4] naquela mesma noite, aos prantos, acompanhado por seus tutores. Depois de

---

3 O Cassino Newport é um complexo esportivo e recreativo localizado no estado de Rhode Island, no nordeste dos Estados Unidos. Construído em 1880, foi uma das primeiras construções do tipo no continente americano. (N. do T.)

4 Eton College é um internato para rapazes localizado nas proximidades do castelo de Windsor, destinado à educação de filhos de nobres e da aristocracia inglesa. Foi fundado por Henrique IV em 1440 e já formou inúmeros primeiros-ministros britânicos e herdeiros da Coroa. (N. do T.)

Virginia vieram os gêmeos, que eram comumente chamados de "A Estrela e as Listras", já que estavam sempre levando uma surra[5]. Eram garotos encantadores e, à exceção do respeitável ministro, os únicos republicanos verdadeiros da família.

Como Canterville fica a mais de dez quilômetros de Ascot, a estação de trem mais próxima, o sr. Otis telegrafou pedindo que uma charrete viesse buscá-los e começaram sua viagem muito animados. Era um adorável final de tarde de julho e o ar tinha um leve aroma de pinho. Vez ou outra, eles ouviam um pombo refletindo sobre seu próprio canto ou viam, em meio ao farfalhar das samambaias, o peito reluzente do faisão. Esquilinhos espreitavam por entre as faias[6] quando eles passavam e os coelhos escapuliam entre os arbustos, sobre os montinhos de musgo, com seus rabichos brancos arrebatados. No entanto, quando entraram na alameda de Canterville, o céu tornou-se subitamente encoberto por nuvens, uma estranha inércia parecia envolver a atmosfera, uma revoada de gralhas passou silenciosamente por sobre suas cabeças e, antes de chegarem à casa, algumas grandes gotas de chuva começaram a cair.

Em pé sobre os degraus, uma velha senhora os recebeu, muito bem vestida em seda preta, com uma touca branca e avental. Tratava-se da sra. Umney, a governanta, a quem a sra. Otis consentira manter no mesmo cargo, atendendo ao sincero pedido de lady Canterville. Ela fez uma pequena reverência a cada um assim que desembarcaram e disse, de uma forma curiosa e antiquada:

---

5 No original, *The Star and the Stripes* é uma clara referência à bandeira dos Estados Unidos. As listras são uma alusão às marcas no corpo dos gêmeos, que apanhavam com vara (*get swished*, no original). (N. do T.)

6 Espécies de árvores nativas das zonas temperadas da Europa, Ásia e América do Norte. (N. do T.)

— Ofereço-lhes as boas-vindas a Canterville.

Seguindo-a, atravessaram o requintado saguão em estilo Tudor até a biblioteca, uma longa sala com pé-direito baixo, coberta por painéis de carvalho negro e com um grande vitral ao fundo. Ali, encontraram o chá disposto e, depois de tirarem as vestes da viagem, sentaram-se e começaram a olhar em volta, enquanto a sra. Umney os servia.

Subitamente a sra. Otis percebeu uma mancha vermelha opaca no assoalho, próxima à lareira e, sem saber realmente do que se tratava, disse à sra. Umney:

— Receio que algo tenha sido derramado ali.

— Sim, madame — retrucou em voz baixa a velha governanta —, sangue foi derramado nesse lugar.

— Que horrível! — exclamou a sra. Otis. — Não quero absolutamente nenhuma mancha de sangue em nossas salas. Ela deve ser removida imediatamente.

A velha senhora sorriu e respondeu na mesma voz baixa e misteriosa:

— Esse é o sangue de lady Eleanore de Canterville, que foi assassinada nesse exato lugar por seu próprio marido, sir Simon de Canterville, em 1575. Sir Simon continuou vivo por mais nove anos e desapareceu de repente sob circunstâncias muito misteriosas. Seu corpo nunca foi encontrado, mas seu espírito culpado ainda assombra a propriedade. A mancha de sangue é muito admirada por turistas e afins, e não é possível removê-la.

— Isso é uma tolice — exclamou Washington Otis. — O Removedor de Manchas Campeão Pinkerton e o Detergente Paragon vão limpar tudo em um piscar de olhos — e, antes que a aterrorizada governanta pudesse interferir, já estava de joelhos e esfregava rapidamente o piso com um bastonete do que parecia ser algum tipo de cosmético preto. Em alguns instantes, nenhum vestígio da mancha de sangue poderia ser avistado.

— Sabia que Pinkerton daria conta do recado — exclamou ele, triunfante, olhando ao redor para a impressionada família; mas, assim que proferiu tais palavras, um terrível relâmpago iluminou a sala sombria e o horripilante estrondo de um trovão assustou-os, levando a sra. Umney a desmaiar.

— Que clima monstruoso! — disse o ministro americano, calmamente, enquanto acendia um comprido charuto. — Imagino que o velho país esteja tão povoado que não há um tempo decente para todos. Sempre fui da opinião de que a emigração é a única saída para a Inglaterra.

— Meu querido Hiram — exclamou a sra. Otis —, o que vamos fazer com uma criada que desmaia?

— Vamos cobrá-la por danos materiais — respondeu o ministro. — Ela não desmaiará mais depois disso. — E, certamente, em poucos instantes, a sra. Umney voltou a si. Não havia dúvida, no entanto, de que estava extremamente transtornada, e ela advertiu duramente o sr. Otis para tomar cuidado com futuros problemas que surgiriam na casa.

— Já vi coisas com meus próprios olhos, meu senhor — disse ela —, que arrepiariam os cabelos de qualquer cristão, e deixei de dormir por muitas e muitas noites por causa das coisas horripilantes que foram cometidas aqui. — No entanto, o sr. Otis e sua esposa muito amigavelmente asseguraram à boa alma que não tinham medo de fantasmas e, depois de rogar as bênçãos da Providência sobre seus novos patrões e negociar um aumento de salário, a velha governanta saiu cambaleando para o seu próprio quarto.

CAPÍTULO 2

A tempestade bradou ferozmente por toda a noite, mas nada em especial aconteceu. Na manhã seguinte, no entanto, quando todos desceram para o café da manhã, depararam mais uma vez com a terrível mancha de sangue no assoalho.

— Não acredito que seja culpa do Detergente Paragon — disse Washington —, pois já o usei para tudo. Deve ser o fantasma.

Então, ele esfregou a mancha uma segunda vez, mas na manhã seguinte ela já apareceu novamente. Na terceira manhã lá estava ela, apesar de a biblioteca ter sido trancada à noite pelo próprio sr. Otis e a chave ter sido levada para o andar de cima. Agora, a família inteira estava bastante curiosa; o sr. Otis começou a suspeitar que havia sido muito categórico ao negar a existência de fantasmas, a sra. Otis manifestou a intenção de filiar-se à Sociedade Psíquica[7] e Washington preparou uma longa carta para os senhores Myers e Podmore[8] sobre o tema

---

7 No original, Psychical Society, referência à Society for Psychical Research (Sociedade de Pesquisa Psíquica), organização sem fins lucrativos fundada na Inglaterra em 1882 com o objetivo de compreender e analisar eventos comumente descritos como psíquicos ou paranormais, frequentemente confundida com a Spiritualist Association, sociedade espírita. (N. do T.)

8 Frederic Myers (1843-1901) e Frank Podmore (1856-1910) foram coautores do livro *Phantasms of the Living* (*Fantasmas dos Vivos*, de 1886) e defensores de explicações científicas para os fenômenos psíquicos e paranormais. Frederic Myers é um dos fundadores da Sociedade Psíquica, mencionada anteriormente. (N. do T.)

"Permanência das Manchas de Sangue quando Relacionadas a um Crime". Naquela mesma noite, todas as dúvidas acerca da existência real de fantasmas seriam eliminadas para sempre.

O dia esteve quente e ensolarado; e, no frescor do cair da tarde, toda a família saiu para um passeio. Eles não voltaram para casa até as nove horas, quando comeram uma leve ceia. As conversas de forma alguma giravam em torno de fantasmas, de modo que não havia nem mesmo as condições primárias para uma certa expectativa suscetível que tantas vezes precede o surgimento de fenômenos psíquicos. Os assuntos de que se tratava, como fiquei sabendo pelo sr. Otis, eram simplesmente os temas que formam a conversação comum dos americanos da classe superior, tais como a imensa supremacia da srta. Fanny Devonport em relação a Sarah Bernhardt como atriz; a dificuldade de se obter milho verde, bolos de trigo-sarraceno e canjica, mesmo nas melhores casas inglesas; a importância de Boston no desenvolvimento de uma cultura cosmopolita; as vantagens do sistema de checagem de bagagens nas viagens de trem; e a suavidade do sotaque de Nova Iorque quando comparado com a fala arrastada londrina. Não houve nenhuma menção ao sobrenatural, nem sequer houve qualquer alusão ao nome de sir Simon de Canterville. Às onze horas, a família foi para seus aposentos e dali a meia hora todas as luzes estavam apagadas. Algum tempo depois, o sr. Otis foi acordado por um estranho ruído no corredor, em frente ao seu quarto. Um som similar ao tilintar de metal, que parecia mais perto a cada instante. Ele levantou-se imediatamente, riscou um fósforo e conferiu as horas. Era exatamente uma da manhã. Ele estava muito calmo e sentiu seu pulso, que não estava nem um pouco acelerado. O estranho barulho continuava e, além dele, ouvia-se distintamente o som de passos. O sr. Otis calçou os chinelos, tirou um frasco retangular da penteadeira e abriu a porta. Viu, logo à sua frente sob o pálido luar, um velho de aparência aterradora. Seus olhos eram vermelhos como carvão em brasa; longos cabelos grisalhos caíam sobre seus ombros em espirais emaranhadas; suas vestes, com um corte à moda antiga, estavam sujas e esfarrapadas, e de seus pulsos e tornozelos pendiam pesadas algemas e grilhões enferrujados.

— Meu caro senhor — disse o sr. Otis —, realmente devo insistir que lubrifique essas correntes, e para esse propósito trouxe-lhe um pequeno frasco do Lubrificante Sol Nascente Tammany. Dizem ser completamente eficaz em apenas uma única aplicação, e na embalagem há inúmeros depoimentos nesse sentido, de alguns de nossos mais eminentes teólogos. Vou deixá-lo aqui para o senhor, ao lado das velas do quarto, e ficarei feliz em oferecer-lhe mais, caso me peça. — Ao dizer essas palavras, o ministro dos Estados Unidos deixou o frasco sobre uma mesinha de mármore e, fechando a porta, recolheu-se para dormir.

Por um momento, o fantasma de Canterville ficou completamente imóvel, naturalmente indignado; então, atirando violentamente o frasco sobre o assoalho brilhante, sumiu corredor abaixo, proferindo urros surdos e emitindo uma medonha luz verde. No entanto, quando alcançou o topo da imensa escadaria de carvalho, uma porta foi escancarada, duas pequenas figuras em vestes brancas surgiram e um grande travesseiro passou zumbindo por sua cabeça! Evidentemente, não havia tempo a perder, então, rapidamente utilizando a Quarta Dimensão do Espaço como meio de fuga, ele desapareceu através dos lambris, e a casa voltou a ficar em silêncio.

Ao alcançar uma pequena câmara secreta na ala esquerda, ele recostou-se contra um raio de luar para recuperar o fôlego e começou a tentar dar-se conta do ocorrido. Nunca, em uma carreira brilhante e ininterrupta de trezentos anos, fora insultado de forma tão grosseira. Pensou na duquesa viúva, a quem havia acometido com tal susto quando ela se encontrava diante do espelho coberta de rendas e diamantes; pensou nas quatro criadas, que ficaram histéricas ao vê-lo simplesmente sorrindo para elas através das cortinas de um dos quartos de hóspedes; no vigário da paróquia, cuja vela ele apagara quando voltava da biblioteca tarde da noite, e que se encontrava sob os cuidados de sir William Gull desde então, um perfeito mártir dos distúrbios nervosos; e na velha Madame de Tremouillac que, tendo acordado cedo certa manhã e visto um esqueleto sentado em uma poltrona, ao lado da lareira, lendo seu diário, ficara confinada à sua cama por seis semanas com crises de febre cerebral e, ao recuperar-se, reconciliou-se com a Igreja e cortou relações com aquele famoso cético, monsieur de Voltaire. Lembrou-se da terrível noite em que o perverso lorde Canterville foi encontrado engasgando em seu quarto de vestir, com um valete de ouros atravessado em sua garganta, e confessou, pouco antes de morrer, que havia roubado cinquenta mil libras de Charles James Fox no Crockford's[9], usando aquela mesma carta, e jurou que o fantasma é quem o fizera engoli-la. Todas as suas grandes conquistas voltaram-lhe à memória, do mordomo que se suicidara com um tiro na despensa, depois de ter visto uma mão verde batendo na vidraça da janela, à bela lady Stutfield, que se vira obrigada a usar uma faixa de veludo negro ao redor da garganta para esconder a marca de cinco dedos, carbonizada sobre sua pele alva e que, finalmente, afogou-se no lago de

---

9 Crockford's foi um clube de cavalheiros fundado em 1823 em Londres, um dos mais antigos da cidade, cujas atividades giravam em torno de jogos de azar e apostas. Fechou definitivamente as portas em 1970. (N. do T.)

carpas ao fundo de King's Walk. Com o inflamado ego de um verdadeiro artista, ele relembrou suas mais famosas atuações, e sorriu copiosamente para si mesmo ao evocar em sua mente sua última aparição como "Rubem Ruivo, ou o Bebê Estrangulado", seu *début* como "Gibeão Macilento, o Sanguessuga de Bexley Moor", e o furor que causou em uma adorável noite de junho só por ter jogado boliche com os próprios ossos na quadra de tênis. E, depois disso tudo, uns miseráveis americanos modernos apareciam para oferecer-lhe o Lubrificante Sol Nascente e jogar travesseiros em sua cabeça! Era absolutamente intolerável. Além disso, nenhum fantasma na história jamais fora tratado dessa maneira. Pois então ele decidiu que iria se vingar, e continuou até o amanhecer em profunda reflexão.

CAPÍTULO 3

Na manhã seguinte, quando a família Otis se reuniu para o café da manhã, conversaram sobre o fantasma por um bom tempo. O ministro dos Estados Unidos ficou, naturalmente, um pouco aborrecido ao descobrir que seu presente não havia sido aceito.

— Não tenho a mínima vontade — disse ele — de causar mal algum ao fantasma, e devo dizer que, considerando o tempo que ele tem estado nessa casa, não acho nem um pouco educado jogar travesseiros nele — um comentário muito justo, ao qual, sinto dizer, os gêmeos irromperam em gargalhadas. — Por outro lado — continuou —, se ele se recusa definitivamente a usar o Lubrificante Sol Nascente, teremos de tirar-lhe suas correntes. Seria praticamente impossível dormir com tanto barulho do lado de fora dos quartos.

Pelo resto da semana, no entanto, eles não foram perturbados, e a única coisa que chamou qualquer atenção foi o contínuo ressurgimento da mancha de sangue no chão da biblioteca. Certamente era algo muito estranho, já que a porta era sempre trancada à noite pelo sr. Otis e as janelas eram fechadas com grades. Além disso, a cor camaleônica da mancha suscitava muitos comentários. Em algumas manhãs, era um vermelho opaco (quase ocre), por vezes um vermelho vivo, em outras púrpura forte, e certa vez, quando todos desceram para as orações em família, seguindo os descomplicados rituais da

Igreja Episcopal Reformada Americana Livre, encontraram um verde-esmeralda brilhante. Essas mudanças caleidoscópicas, naturalmente, divertiam muito o grupo, e todas as noites eram feitas apostas a seu respeito. A única pessoa que não fazia parte da brincadeira era Virginia, que, por alguma razão inexplicável, ficava muito aborrecida ao ver a mancha de sangue, e quase chorou na manhã em que ficou verde-esmeralda.

A segunda aparição do fantasma ocorreu no domingo à noite. Logo depois de todos terem ido para a cama, foram subitamente surpreendidos por um terrível estrondo no saguão. Correndo escada abaixo, encontraram uma velha e grande armadura separada de seu suporte e caída no chão de pedra e, sentado em uma cadeira de espaldar alto, o fantasma de Canterville, esfregando os joelhos com uma expressão de profunda agonia no rosto. Os gêmeos, tendo trazido suas zarabatanas consigo, dispararam imediatamente duas bolotas nele, com a mira precisa que só pôde ser obtida com uma longa e cuidadosa prática em um professor de caligrafia, enquanto o ministro dos Estados Unidos ameaçou-o com seu revólver, mandando-o, de acordo com a etiqueta californiana, levantar as mãos! O fantasma levantou-se com um grito de raiva e passou através deles como uma névoa, apagando a vela de Washington Otis ao passar e deixando-os assim na mais completa escuridão. Ao alcançar o topo da escadaria, restabeleceu-se e decidiu soltar sua famosa gargalhada demoníaca. Em mais de uma ocasião, tal gargalhada havia sido extremamente útil. Diziam que havia esbranquiçado a peruca de lorde Raker em uma única noite, além de certamente ter feito três das governantas francesas de lady Canterville pedirem demissão antes de terminado seu mês de trabalho. Assim, soltou sua gargalhada mais pavorosa, até o velho teto abobadado soar e ressoar, mas, mal havia expirado o terrível eco, quando uma porta se abriu e a sra. Otis dali saiu em um roupão azul-claro.

— Receio que não esteja nada bem — disse ela —, então trouxe-lhe um frasco do concentrado do doutor Dobell. Caso seja uma indigestão, o senhor verá que se trata de um excelente remédio.

O fantasma fitou-a furioso e imediatamente começou os preparativos para transformar-se em um enorme cão preto, habilidade pela qual era justamente reconhecido, e que o médico da família atribuía ser a causa da estupidez permanente do tio do lorde Canterville, o honorável Thomas Horton. O som de passos se aproximando, no entanto, fez com que hesitasse em seu sinistro propósito, e ele se contentou em tornar-se levemente fosforescente, desaparecendo com um intenso gemido sepulcral, assim que os gêmeos o alcançaram.

Ao chegar a seu quarto, ele desmoronou completamente, entregando-se a uma agitação descontrolada. A infâmia dos gêmeos e o grosseiro materialismo da sra. Otis eram por si só extremamente irritantes, mas o que realmente mais o angustiava era não ter conseguido vestir sua armadura. Tinha a esperança de que mesmo americanos modernos ficassem exaltados ao ver um espectro com armadura, se não por alguma razão mais sensata, pelo menos em respeito ao seu poeta conterrâneo Longfellow[10], cuja poesia elegante e atraente o havia entretido por exaustivas horas, quando os Canterville estavam na cidade. Além disso, era sua própria armadura. Ele a usara

---

10 Henry Wadsworth Longfellow (1807-1882) foi um poeta americano, conhecido por sua obra lírica, em que misturava elementos míticos e lendários. No trecho, o autor faz referência a um de seus poemas, "O Esqueleto com Armadura" (*The Skeleton in Armor*, no original). (N. do T.)

com muito sucesso no torneio de Kenilworth e, vestindo-a, fora altamente elogiado por ninguém menos que a Rainha Virgem[11] em pessoa. Mesmo assim, quando a vestiu, foi completamente esmagado pelo peso do imenso peitoral e do elmo de aço, e acabou caindo com toda a força no chão de pedra, esfolando gravemente ambos os joelhos e machucando os nós dos dedos da mão direita.

Ele ficou extremamente doente por alguns dias depois desse incidente, e praticamente não saiu de seu quarto, a não ser para manter a mancha de sangue em boas condições. No entanto, por tomar bastante cuidado, conseguiu recuperar-se, e decidiu fazer uma terceira tentativa para assustar o ministro dos Estados Unidos e sua família. Para sua aparição, escolheu sexta-feira, dezessete de agosto, e passou a maior parte do dia examinando seu guarda-roupa, decidindo-se finalmente por um grande chapéu de abas largas com uma pena vermelha, uma mortalha com adereços nos punhos e no colarinho, e uma adaga enferrujada. Ao cair da noite, uma violenta tempestade chegou, com ventos tão fortes que todas as janelas e portas da velha casa vibravam e chacoalhavam. Na verdade, esse era justamente o tipo de clima que ele adorava. Tais eram seus planos: ele se dirigiria silenciosamente até o quarto de Washington Otis, balbuciaria qualquer coisa ao pé da cama e o apunhalaria três vezes na garganta, ao som de uma música grave. Nutria um rancor especial por Washington, pois sabia muito bem que era ele quem tinha o hábito de remover a mancha de sangue com o Detergente Paragon de Pinkerton. Depois de reduzir o inconsequente e imprudente jovem a uma condição de abominável terror, iria então seguir para o quarto ocupado pelo ministro dos

---

11 Elizabeth I (1533-1603), rainha da Inglaterra e da Irlanda entre 1533 e 1603. (N. do T.)

Estados Unidos e sua esposa, e ali pousaria uma mão pegajosa sobre a testa da sra. Otis, enquanto sussurraria no ouvido de seu trêmulo marido os horríveis segredos do necrotério. Em relação à pequena Virginia, ele ainda não havia se decidido. Ela nunca o insultara de nenhuma maneira, e era bela e gentil. Alguns gemidos sem sentido saindo do guarda-roupa, pensou ele, seriam mais que suficientes ou, se isso não a acordasse, ele se arrastaria sobre a colcha com os dedos retorcidos. Quanto aos gêmeos, ele estava determinado a ensinar-lhes uma lição. A primeira coisa a fazer era, certamente, sentar-se sobre seus peitos, para produzir a sufocante sensação de um pesadelo. Então, como suas camas eram muito próximas uma da outra, ele se deitaria entre elas como se fosse um gélido cadáver apodrecido, até que ambos ficassem paralisados pelo medo e, finalmente, tiraria sua mortalha e rastejaria ao redor do quarto com os ossos esbranquiçados e um globo ocular girando sobre a própria órbita, no papel de "Daniel Doidão, ou o Esqueleto do Suicida", personagem que produzira grande efeito em mais de uma ocasião, e que ele considerava tão bom quanto seu célebre "Martin Maníaco, ou o Mistério Mascarado".

Às dez e trinta, ouviu a família dirigindo-se para a cama. Por algum tempo, ainda foi incomodado pelas risadas descontroladas dos gêmeos, que, com a alegria despreocupada das crianças, evidentemente divertiam-se antes de se aprontar para dormir. Mas, às onze e quinze, tudo estava em silêncio e, assim que soou meia-noite, ele partiu. A coruja piava contra as vidraças, o corvo grasnava do velho teixo e o vento girava ao redor da casa, gemendo como uma alma perdida; mas a família Otis dormia, inconsciente de seu destino, e muito acima da chuva e da tempestade, ele podia ouvir o ronco contínuo do ministro dos Estados Unidos. Saiu sorrateiramente dos lambris da parede com um sorriso malévolo em sua boca cruel e enrugada, e a lua escondeu o próprio rosto em uma nuvem quando ele passou pela grande sacada envidraçada que ostentava os brasões, dele e de sua esposa falecida, em azul-celeste e dourado. Ele continuava a deslizar como uma sombra malévola, e a própria escuridão parecia abominá-lo quando passava. Por um instante, pensou ter ouvido algo chamando-o e parou; mas tratava-se apenas do latido de um cão da Fazenda Vermelha, e continuou, murmurando estranhas maldições do século XVI e, de tempos em tempos, sacudindo a adaga enferrujada no ar da meia-noite. Finalmente, alcançou a extremidade do corredor que levava ao quarto do infeliz Washington. Deteve-se ali por um momento, com o vento soprando os longos cachos grisalhos de sua cabeça e retorcendo em ondas grotescas e fantásticas a inominável e hedionda mortalha do falecido. Então, o relógio bateu meia-noite e quinze e ele sentiu que era chegada a hora. Riu para si mesmo e virou a esquina do corredor; mas, mal acabara de fazê-lo, com um lamentável gemido de terror, caiu para trás e escondeu o rosto esbranquiçado nas mãos compridas e ossudas. Bem à sua frente jazia um horrível espectro, imóvel como uma escultura e tão monstruoso quanto o sonho de um louco! Sua cabeça era calva e reluzente; seu rosto, redondo, gordo e branco; e uma terrível risada parecia ter contorcido suas feições em um sorriso eterno. De seus olhos saíam raios de luz escarlate, a boca era um grande poço de fogo e uma horrorosa vestimenta, parecida com a sua, envolvia com uma brancura silenciosa suas formas gigantescas. De seu peito pendia uma placa com alguma estranha escrita em antigos caracteres, uma espécie de pergaminho de remorsos, um registro de pecados bárbaros, um calendário terrível de crimes e, em sua mão direita, trazia desembainhada uma cimitarra de aço reluzente.

    Como nunca havia visto um fantasma antes, ele naturalmente

ficou apavorado e, depois de uma segunda espiada apressada no terrível espectro, escapuliu de volta ao seu quarto, tropeçando em sua longa mortalha esvoaçante enquanto corria pelo corredor e, finalmente, deixando cair a adaga enferrujada nas botas de couro do ministro, onde acabou sendo encontrada pelo mordomo na manhã seguinte. Quando encontrou-se na privacidade de seu próprio aposento, atirou-se em um pequeno estrado e escondeu o rosto sob os lençóis. Depois de um tempo, porém, o velho e bravo espírito de Canterville retomou o autocontrole e decidiu ir falar com o outro fantasma assim que amanhecesse. Então, quando a aurora pintava as colinas de prata, ele voltou para o lugar onde encontrara o pavoroso fantasma, sentindo que, no fim das contas, dois fantasmas eram melhores que um e que, com a ajuda de seu novo amigo, ele poderia lutar com os gêmeos em segurança. Ao chegar ao local, no entanto, uma visão terrível encontrou seu olhar. Evidentemente, algo havia acontecido ao espectro, pois a luz sumira por completo de seus olhos vazios, a brilhante cimitarra caíra de sua mão e ele se recostara na parede em uma posição retorcida e desconfortável. Ele correu, agarrou-o em seus braços e, para seu espanto, a cabeça desprendeu-se e rolou pelo chão, o corpo tombou para trás e ele se viu segurando um cortinado de cama de algodão branco, com uma vassoura, um cutelo de cozinha e um nabo furado aos seus pés! Incapaz de compreender essa curiosa transformação, ele agarrou a placa com uma rapidez febril e ali, sob a luz cinzenta da manhã, pôde ler aquelas terríveis palavras:

O PHANTASMA OTIS

Unicum Verdadeiro e Originalium Espectro
Cuidado com As Imitationis
Todas as outras são Falsificationes.

A coisa toda lhe atingiu como um raio. Ele fora enganado, decepcionado, feito de bobo! O velho olhar dos Canterville surgiu em seus olhos; ele rangeu as gengivas desdentadas; e, erguendo as mirradas mãos por sobre a cabeça, jurou – usando o palavreado típico dos antigos – que, quando Chantecler[12] tivesse soado duas vezes sua animada corneta, atos sanguinários seriam cometidos e o assassinato caminharia a passos silenciosos.

Mal havia ele terminado esse terrível juramento quando, vindo da cobertura de telhas de barro de uma propriedade distante, um galo cantou. Ele soltou uma risada longa, grave e amarga, e esperou. Esperou por horas e horas, mas o galo, por alguma estranha razão, não cantou novamente. Por fim, às sete e meia, a chegada das criadas fez com que desistisse de sua pavorosa vigília e voltou para seu quarto, pensando em sua promessa em vão e seus objetivos frustrados. Ali, consultou vários livros de cavalaria antiga, dos quais gostava imensamente, e descobriu que, em todas as ocasiões em que tal juramento fora proferido, Chantecler sempre cantara uma segunda vez.

— A perdição tomou a ave perversa — murmurou ele. — Posso ver o dia em que, com minha robusta lança, terei perfurado sua garganta e feito com que cante para mim até a morte!

E foi então deitar-se em um confortável caixão de chumbo, ficando ali até o anoitecer.

---

12 Alusão à fábula de origem francesa *Renart et Chantecler*, cujos personagens principais, Renart e Chantecler, são, respectivamente, uma raposa e um galo. (N. do T.)

CAPÍTULO 4

No dia seguinte, o fantasma estava muito fraco e cansado. A terrível agitação das últimas quatro semanas começava a mostrar seus efeitos. Seus nervos estavam completamente em frangalhos e ele se assustava com o mais leve dos ruídos. Por cinco dias, ele permaneceu em seu quarto e, por fim, decidiu-se por desistir de manter a mancha de sangue no assoalho da biblioteca. Se a família Otis não a queria, claramente não a merecia. Era evidente que aquelas eram pessoas de um plano de existência baixo, materialista, totalmente incapazes de apreciar o valor simbólico dos fenômenos sensoriais. A questão das aparições fantasmagóricas e do desenvolvimento dos corpos astrais era, certamente, algo completamente diferente, e não estava sob seu controle. Era sua obrigação solene aparecer no corredor uma vez por semana, e emitir gemidos da grande sacada envidraçada toda primeira e terceira quarta-feira do mês, e ele não via como poderia se livrar honradamente de seus compromissos. É bem verdade que sua vida tinha sido muito má, mas, por outro lado, ele era bastante meticuloso com todas as coisas relacionadas ao sobrenatural. Por isso, nos três sábados seguintes, atravessou o corredor, como de costume, entre meia-noite e três da manhã, tomando todas as precauções possíveis para não ser visto nem ouvido. Descalçou as botas e pisou nas velhas tábuas carcomidas por cupins o mais levemente possível, vestiu uma grande capa de veludo preto e teve também o cuidado de usar o Lubrificante Sol Nascente para desenferrujar suas correntes. Sou obrigado a reconhecer que ele foi levado a adotar essa última medida de proteção com muita relutância. No entanto, certa noite, enquanto a família estava jantando, ele entrou no quarto do sr. Otis e levou consigo o frasco. Sentiu-se levemente humilhado a princípio, mas depois mostrou-se bastante sensato para admitir que a invenção apresentava muitas vantagens e, em certa medida, servia ao seu propósito. Ainda assim, apesar de tudo, não deixaram de molestá-lo. Cordas eram continuamente esticadas no corredor para que ele tropeçasse no escuro e, em certa ocasião, enquanto se vestia para o papel de "Negro Isaac, ou o Caçador do Bosque de Hogley", sofreu uma violenta queda ao pisar em uma camada de manteiga que os gêmeos espalharam da entrada da sala da tapeçaria até o topo da escadaria de madeira de carvalho. Esse último insulto enfureceu-o de tal forma que ele resolveu fazer um último esforço para retomar sua dignidade e sua posição social, decidindo visitar os jovens insolentes de Eton na noite seguinte, em seu célebre personagem "Leviano Rupert, ou o Conde sem Cabeça".

Ele não aparecia com esse disfarce há mais de setenta anos; na verdade, desde que havia assustado de tal forma a bela lady Barbara Modish com ele, que ela subitamente rompera seu noivado com o avô do atual lorde Canterville e fugira para Gretna Green[13] com o formoso Jack Castleton, declarando que nada no mundo a faria casar-se com alguém cuja família permitia que tão horrível fantasma perambulasse pelo terraço no crepúsculo. Logo depois, o pobre Jack foi baleado em um duelo com lorde

---

13 Aldeia ao sul da Escócia. (N. do T.)

Canterville no parque público de Wandsworth, e lady Barbara morreu, com o coração partido, em Turnbridge Wells antes do fim do mesmo ano; então, de qualquer forma, sua aparição fora um grande sucesso. Era, no entanto, uma "maquiagem" extremamente difícil, se é que posso usar uma expressão tão teatral para um dos maiores mistérios do sobrenatural ou – para empregar um termo mais científico – do mundo supranatural, e ele levou três horas para se preparar. Finalmente, tudo estava pronto, e ele ficou muito satisfeito com sua aparência. As grandes botas de montaria de couro que acompanhavam o traje eram muito largas e ele só conseguiu encontrar uma das duas pistolas de cavalaria, mas, no geral, ficou bastante satisfeito e, a uma hora e quinze minutos, ele deslizou para fora dos lambris e arrastou-se pelo corredor. Ao chegar ao quarto ocupado pelos gêmeos, que, devo dizer, era chamado de Quarto da Cama Azul – por causa da cor de suas cortinas –, encontrou a porta apenas entreaberta. Desejando fazer uma entrada triunfal, escancarou a porta a um só golpe, fazendo com que um grande jarro d'água caísse sobre si, ensopando-o completamente e, por alguns centímetros, não lhe atingiu o ombro esquerdo. No mesmo momento, ele ouviu gargalhadas abafadas vindo da cama com dossel. O abalo nervoso foi tão grande que voltou correndo para seu quarto o mais rápido que pôde e, no dia seguinte, ficou acamado com um forte resfriado. A única coisa que o consolou em tudo que aconteceu foi não ter levado sua cabeça consigo, pois, se o tivesse feito, as consequências teriam sido muito graves.

Agora, ele desistiu de ter qualquer esperança de ser capaz de assustar essa rude família americana e contentou-se, via de regra, em arrastar-se pelos corredores em pantufas, com um grosso cachecol vermelho ao redor da garganta – por medo de pegar alguma friagem – e um pequeno bacamarte – para o caso de ser atacado pelos gêmeos. O golpe final que recebeu ocorreu no dia dezenove de setembro. Ele descera as escadas até o grande saguão de entrada, certo de que ali não seria molestado de forma nenhuma, e divertia-se fazendo comentários irônicos sobre as enormes fotografias de Saroni[14], pertencentes ao ministro dos Estados Unidos e sua esposa, que agora ocupavam o lugar dos retratos da família Canterville. Estava vestido de forma simples, mas muito elegante, com uma longa mortalha manchada com mofo de cemitério, a mandíbula amarrada com uma fita de linho amarelo, e carregava uma pequena lanterna e uma pá de coveiro. Na verdade, estava vestido de "Jonas-sem-Cova, ou o Apanhador de Corpos de Chertsey Barn", uma de suas mais notáveis personificações, um disfarce que os Canterville tinham todos os motivos para recordar, já que era a verdadeira causa da briga com seu vizinho, lorde Rufford. Eram cerca de duas e quinze da manhã e, até onde se podia perceber, não havia movimento. No entanto, enquanto ele caminhava em direção à biblioteca para ver se havia qualquer traço da mancha de sangue, subitamente saltaram sobre ele – vindas de um canto escuro – duas figuras sacudindo os braços freneticamente sobre suas cabeças e gritando "BUUUU!" em seu ouvido.

Tomado pelo pânico que – dadas as circunstâncias – era algo natural, correu para a escadaria, mas acabou encontrando Washington Otis esperando por ele com o grande borrifador do jardim e, assim cercado por seus inimigos por todos os lados, quase impelido a suplicar, conseguiu desaparecer no grande aquecedor de ferro, que – para sua sorte – não estava aceso, e teve de voltar para seus aposentos por meio dos canos e chaminés,

---

14 Napoleon Saroni (1821-1896) era um fotógrafo e gravurista canadense, famoso por retratar os artistas da cena teatral americana de meados do século XIX. (N. do T.)

chegando ao quarto em um estado lastimável, tomado pela sujeira, pelo caos e pelo desespero.

Depois disso, ele não foi mais visto em nenhuma excursão noturna. Os gêmeos ficaram à sua espera em inúmeras ocasiões e, todas as noites, espalhavam – inutilmente – cascas de nozes pelos corredores, para grande aborrecimento de seus pais e dos criados. Era evidente que os sentimentos do fantasma estavam tão feridos que ele não mais apareceria. O sr. Otis, em consequência, retomou sua grande obra sobre a história do Partido Democrata, à qual se dedicava há alguns anos; a sra. Otis organizou uma maravilhosa pratada de mexilhões[15], que surpreendeu toda a vizinhança; os rapazes começaram a jogar lacrosse, canastra, pôquer e outros jogos típicos americanos, e Virginia foi cavalgar pelas alamedas em seu pônei, acompanhada pelo jovem duque de Cheshire, que viera passar a última semana de férias na propriedade de Canterville. Em geral, todos imaginaram que o fantasma havia partido e, na verdade, o sr. Otis escreveu uma carta a esse respeito para lorde Canterville, que, em resposta, demonstrou grande alegria com a notícia e enviou seus mais sinceros cumprimentos à digníssima esposa do ministro.

A família Otis, no entanto, estava enganada, já que o fantasma ainda estava na casa e, apesar de estar quase incapaz, não estava de maneira alguma disposto a desistir de sua empreitada, especialmente quando soube que entre os convidados da família estava o jovem duque de Cheshire, cujo tio-avô, lorde Francis

---

[15] *Clambake*, no original. Literalmente assado de amêijoas, é um prato da região nordeste dos Estados Unidos, que contém diversos tipos de mexilhões e legumes. Como não há um equivalente na culinária brasileira, optou-se por uma tradução mais descritiva. (N. do T.)

Stilton, certa vez apostou cem guinéus com o coronel Carbury que jogaria dados com o fantasma de Canterville e acabou encontrado na manhã seguinte estirado no chão da sala de jogos em um estado lamentável de paralisia e, embora tenha vivido até uma idade bastante avançada, nunca mais foi capaz de dizer nada além de "Duplo Seis". A história ficou bastante conhecida à época – apesar de, é claro, em respeito aos sentimentos das duas nobres famílias, tudo ter sido feito para abafá-la – e um relato completo das circunstâncias a ela relacionadas pode ser encontrado no terceiro volume de *As Recordações do Príncipe Regente e Seus Amigos*, de lorde Tattle. O fantasma, então, estava naturalmente muito ansioso por mostrar que não havia perdido sua influência sobre os Stilton, com quem, na verdade, estava remotamente ligado, já que sua prima havia sido casada *en secondes noces*[16] com o Sieur de Bulkeley, de quem, como se sabe, os duques de Cheshire são descendentes diretos. Por isso, ele preparou-se para aparecer para o jovem enamorado de Virginia em sua famosa personificação de "O Monge Vampiro, ou o Beneditino sem Sangue", uma atuação tão terrível que, quando a velha lady Startup a viu – o que aconteceu na fatídica véspera de Ano Novo de 1764 –, ela irrompeu em gritos tão lancinantes que a levaram a um violento derrame, morrendo em três dias, depois de deserdar os Canterville, seus parentes mais próximos, e deixar todo seu dinheiro para seu boticário de Londres. No último instante, no entanto, seu medo pavoroso dos gêmeos impediu-o de sair de seu quarto e o jovem duque dormiu em paz, sob o grande dossel decorado com penas do Quarto Real, e sonhou com Virginia.

---

16 "Em segundas núpcias", em francês. (N. do T.)

CAPÍTULO 5

Poucos dias depois, Virginia e seu cavaleiro de cabelos encaracolados saíram para cavalgar nos campos de Brockley, onde ela rasgou suas vestes de tal forma ao passar por um arbusto que, ao voltar para casa, decidiu subir pela escada dos fundos para não ser vista. Ao passar correndo pela sala da tapeçaria, cuja porta estava por acaso aberta, ela imaginou ter visto alguém lá dentro e, pensando ser a criada de sua mãe que, às vezes, costumava trazer seu trabalho para fazê-lo ali, adentrou a sala para pedir-lhe que consertasse a roupa. Para sua imensa surpresa, no entanto, tratava-se do próprio Fantasma de Canterville! Encontrava-se sentado perto da janela, observando o ouro opaco das árvores amareladas flutuando pelo ar e as folhas vermelhas dançando desvairadas ao longo da alameda. Com a cabeça apoiada em uma das mãos, toda a sua disposição denotava extrema depressão. De fato, ele parecia tão desamparado e maltratado que a jovem Virginia, cuja primeira ideia fora fugir correndo e trancar-se em seu quarto, encheu-se de pena e decidiu tentar confortá-lo. Tão leves eram seus passos e tão profunda a melancolia do fantasma que ele não percebeu sua presença até que ela disse:

— Sinto tanto por você — disse ela —, mas meus irmãos vão voltar para Eton amanhã, e então, se você se comportar, ninguém vai incomodá-lo.

— É um absurdo pedir-me que me comporte

— respondeu ele, olhando espantado ao redor, para a linda garotinha que se aventurara a falar com ele — absurdo demais. É minha obrigação sacudir minhas correntes, gemer através dos buracos das fechaduras e perambular noite adentro, se é a isso que você se refere. Essa é a única razão de minha existência.

— Isso não é nenhuma razão para existir, e você sabe que tem sido bastante perverso. A sra. Umney nos disse, no dia em que chegamos aqui, que você matou sua esposa.

— Ora, devo admitir — disse o fantasma, petulante —, mas isso era uma questão puramente familiar e não dizia respeito a mais ninguém.

— É algo muito errado matar alguém — disse Virginia, que às vezes tinha uma doce seriedade puritana, herdada de algum antigo ancestral da Nova Inglaterra.

— Ah, odeio essa seriedade vulgar da ética abstrata! Minha esposa era comum demais, nunca engomava devidamente minhas gorgeiras[17] e nem sabia nada sobre culinária. Ora, eu acabara de caçar um cervo em Hogley Woods, um magnífico corço, e você sabe como ela o preparou? Bom, isso não interessa agora, já que tudo acabou e não acho que tenha sido muito gentil dos irmãos dela me matarem de fome, embora eu a tenha assassinado.

— Eles o mataram de fome? Ah, sr. fantasma, quero dizer, sir Simon, o senhor está com fome? Tenho um sanduíche em minha cesta. Gostaria de comê-lo?

— Não, obrigado, nunca como nada agora; mas é muito gentil de sua parte, de qualquer forma, e você é muito mais

---

17 Espécie de colarinho armado e, muitas vezes, rendado, usado entre os séculos XVI e XVII na Europa (N. do T.)

gentil do que o restante de sua desagradável, rude, vulgar e desonesta família.

— Pare! — exclamou Virginia, batendo o pé. — É o senhor que é rude, desagradável e vulgar e, por falar em desonestidade, o senhor sabe muito bem que roubou as tintas de minha caixa para tentar retocar aquela ridícula mancha de sangue na biblioteca. Primeiro, o senhor pegou todos os meus vermelhos, incluindo o escarlate, e não pude mais pintar o pôr do sol, depois pegou o verde-esmeralda e o amarelo-cromo e, finalmente, não me sobrou nada além de anil e branco-gelo, e só pude pintar cenas de luar, que são sempre deprimentes de se olhar, e nem um pouco fáceis de pintar. Eu nunca o delatei, apesar de ter ficado muito irritada, e a coisa toda era muito ridícula; afinal, onde já se viu sangue verde-esmeralda?

— Bom, realmente — disse o fantasma, bastante calmo — mas o que eu deveria fazer? É muito difícil conseguir sangue de verdade hoje em dia e, como seu irmão começou isso tudo usando aquele seu Detergente Paragon, certamente não vi razão nenhuma para não usar suas tintas. Quanto à cor, trata-se de uma questão de gosto: os Canterville têm sangue azul, por exemplo, o sangue mais azul de toda a Inglaterra; mas eu sei que vocês, americanos, não se importam com coisas desse tipo.

— O senhor não sabe nada a esse respeito, e a melhor coisa que se pode fazer é emigrar e ampliar sua mente. Meu pai ficará muito feliz em oferecer-lhe uma passagem gratuita, e embora haja uma taxa bastante pesada sobre espíritos de todo tipo, não haverá nenhuma dificuldade de passar pela alfândega, já que todos os funcionários são democratas. Chegando a Nova Iorque, com certeza o senhor fará muito sucesso. Sei de inúmeras pessoas que ofereceriam cem mil dólares para ter um avô, e mais ainda para ter um fantasma na família.

— Não acredito que vá gostar da América.

— Imagino que seja porque não temos nem ruínas nem excentricidades — disse Virginia, com ironia.

— Sem ruínas? Sem excentricidades? — respondeu o fantasma. — Mas vocês têm sua marinha e seus hábitos.

— Bom, boa noite! Vou pedir ao papai que conceda uma semana adicional de férias aos gêmeos.

— Por favor, não vá, srta. Virginia — ele exclamou. — Estou tão solitário e infeliz, e realmente não sei o que fazer. Quero ir dormir e não consigo.

— Isso é um absurdo! Basta que o senhor vá para a cama e apague a vela. Às vezes, é muito difícil manter-se acordado, especialmente na igreja, mas não é nem um pouco complicado dormir. Ora, até mesmo os bebês sabem como fazê-lo, e eles não são tão espertos assim.

— Eu não durmo há trezentos anos — disse ele, com tristeza, e os lindos olhos azuis de Virginia se arregalaram, espantados —, há trezentos anos eu não durmo, e estou tão cansado.

Virginia ficou muito séria e seus pequeninos lábios tremiam como pétalas de rosas. Ela aproximou-se do fantasma e, ajoelhando-se ao seu lado, olhou para seu velho rosto ressequido.

— Pobre, pobre fantasma — ela murmurou —, não há lugar onde o senhor possa dormir?

— Muito longe daqui, além dos pinheiros — ele respondeu, com uma voz baixa, sonhadora —, há um pequeno jardim. Lá, a grama cresce alta e volumosa, as flores da cicuta crescem como grandes estrelas brancas e o rouxinol canta durante a noite toda. A noite toda ele canta, a lua fria de cristal olha para baixo e o teixo estica seus braços gigantes sobre aqueles que dormem.

Os olhos de Virginia encheram-se de lágrimas e ela escondeu o rosto entre as mãos.

— O senhor está falando do Jardim da Morte — ela sussurrou.

— Sim, a morte. A Morte deve ser tão bela. Deitar-se na fofa terra marrom, com a grama tremulando acima da cabeça, ouvindo o silêncio. Não ter nem ontem, nem amanhã. Esquecer-se do tempo, da vida, descansar em paz. Você pode me ajudar. Você pode abrir para mim os portais da mansão da morte, já que o amor está sempre com você, e o amor é mais forte do que a morte.

Virginia estremeceu, um calafrio atravessou-lhe o corpo e, por alguns instantes, ficou em silêncio. Ela sentiu-se como em um pesadelo.

Então o fantasma falou novamente, e sua voz soou como o suspirar do vento.

— Por acaso você já leu a velha profecia escrita no vitral da biblioteca?

— Ah, muitas vezes — exclamou a garotinha, olhando para cima. — Já a sei de cor. Está escrita em estranhas letras negras, difíceis de ler. Ela tem apenas seis versos:

> *"Quando a garota de ouro tiver arrebatado*
> *Uma única prece dos lábios do pecado,*
> *Quando a amendoeira estéril tiver frutificado*
> *E uma diminuta criança suas lágrimas ofertado,*
> *Então será toda a casa silenciada*
> *E em Canterville a paz fará morada."*

... Mas não sei o que eles significam.

— Os versos significam — disse ele, com tristeza — que você deve chorar por meus pecados, porque não tenho mais lágrimas, e orar por minha alma, pois não tenho mais fé, e então, se você tiver sido sempre doce, boa e gentil, o anjo da morte terá compaixão de mim. Você enxergará formas tenebrosas no escuro, e vozes perversas sussurrarão no seu ouvido, mas elas não lhe farão mal algum, pois contra a pureza de uma criança os poderes do inferno não prevalecem.

Virginia não respondeu, e o fantasma contorceu as mãos, desesperado, enquanto olhava para sua cabeça dourada prostrada. Subitamente, ela levantou-se, muito pálida e com um estranho brilho no olhar.

— Não tenho medo — ela disse, com firmeza — e vou pedir ao anjo para que tenha misericórdia do senhor.

Ele levantou-se da cadeira soltando um leve grito de alegria e, pegando sua mão, inclinou-se sobre ela e beijou-a com uma elegância à moda antiga. Seus dedos eram frios como o gelo e seus lábios queimavam como fogo, mas Virginia não hesitou quando o fantasma a conduziu pela sala sombria. Na tapeçaria verde desbotada estavam bordados três pequenos caçadores. Eles sopravam suas cornetas enfeitadas e acenavam com suas mãozinhas, implorando para ela voltar. — Volte, pequena Virginia! — gritavam eles. — Volte! — mas o fantasma segurou sua mão com ainda mais força, e ela fechou os olhos para não vê-los mais. Horríveis animais com caudas de lagarto e olhos esbugalhados piscaram para ela da lareira entalhada, murmurando — Cuidado, pequena Virginia, cuidado! Podemos nunca mais ver você! — mas o fantasma deslizou com mais rapidez e Virginia não lhes deu ouvidos. Quando alcançaram o fundo da sala, ele parou e murmurou algumas palavras que ela não conseguia entender. Ela abriu os olhos e viu a parede à sua frente lentamente dissipando-se como névoa e, em seu lugar, surgir uma grande caverna negra. Um vento gélido e cortante envolveu-os e ela sentiu algo puxando seu vestido. — Rápido, rápido — gritou o fantasma —, ou será tarde demais — e, em um instante, o lambril fechou-se atrás deles e a sala da tapeçaria ficou vazia.

CAPÍTULO 6

Cerca de dez minutos depois, a sineta chamou para o chá, e como Virginia não desceu, a sra. Otis pediu para um dos criados ir chamá-la. Depois de algum tempo, ele retornou e disse que não pôde encontrar a srta. Virginia em lugar nenhum. Como ela costumava ir ao jardim todas as noites buscar flores para a mesa de jantar, a sra. Otis não se assustou a princípio, mas, quando soaram as seis horas e Virginia não apareceu, ela ficou realmente agitada e pediu para os garotos saírem para procurá-la, enquanto o sr. Otis e ela mesma vasculhavam cada cômodo da casa. Às seis e meia, os garotos voltaram, dizendo que não encontraram nenhum vestígio da irmã em lugar nenhum. Todos estavam muito inquietos agora, sem saber o que fazer, e o sr. Otis subitamente se lembrou que, alguns dias antes, dera permissão a um bando de ciganos para acampar no parque. Então, ele saiu imediatamente para Blackfell Hollow, onde sabia que eles estavam acampados, junto com seu filho mais velho e dois dos empregados da fazenda. O jovem duque de Cheshire, completamente exaltado de ansiedade, implorou muito para acompanhá-los, mas o sr. Otis não lhe permitiu, pois temia algum tipo de tumulto. Ao chegar ao local, porém, ele descobriu que os ciganos já haviam ido embora e ficara evidente que sua partida fora repentina, já que o fogo ainda ardia e havia alguns pratos abandonados na grama. Depois de ter pedido para Washington e os dois criados vasculharem o distrito, ele correu para casa e enviou telegramas para todos os inspetores de polícia do condado, solicitando-lhes que procurassem uma garotinha que havia sido raptada por andarilhos ou ciganos. Ordenou, então, que lhe trouxessem seu cavalo e, após insistir com a esposa e os três garotos que se sentassem para jantar, saiu em cavalgada pela estrada de Ascot com um cavalariço. Mal havia percorrido alguns quilômetros quando ouviu alguém trotando atrás dele e, ao voltar-se, viu o jovem duque em seu pônei, com o rosto vermelho e sem chapéu.

— Sinto muitíssimo, sr. Otis — murmurou o jovem —, mas não posso comer nada enquanto Virginia continuar perdida. Por favor, não se zangue comigo; se o senhor tivesse nos deixado ficar noivos no ano passado, não passaríamos por toda essa preocupação. O senhor não vai me mandar de volta, vai? Não posso voltar! Não irei!

O ministro não pôde deixar de sorrir para o belo e maroto jovem, e ficou muito emocionado com sua devoção a Virginia e, então, inclinando-se, deu-lhe um tapinha no ombro e disse:

— Muito bem, Cecil, se você não vai voltar, suponho que deva vir comigo, mas devo conseguir um chapéu para você em Ascot.

— Ora, para o diabo com meu chapéu! Quero Virginia! — exclamou o jovem duque, rindo, e galoparam em direção à estação ferroviária. Lá, o sr. Otis perguntou ao encarregado se alguém cuja descrição correspondia à de Virginia havia sido visto na plataforma, mas não conseguiu notícias dela. O encarregado da estação, no entanto, telegrafou para todo canto e assegurou-lhe que uma estrita vigilância seria mantida em sua busca e o sr. Otis, depois de ter comprado um chapéu para o jovem duque de um vendedor de tecidos que estava a ponto de fechar sua loja, cavalgou para Bexley, um vilarejo a cerca de seis quilômetros de distância, onde disseram-lhe ser um conhecido refúgio de ciganos, já que havia um grande descampado próximo. Ali, chamaram o policial local, mas não conseguiram obter nenhuma informação dele e, depois de cavalgar por toda a localidade, voltaram os cavalos na direção de casa, chegando à propriedade por volta das onze horas, mortos de cansaço e com o coração apertado. Encontraram Washington e os gêmeos esperando por eles na entrada com lanternas, pois a alameda estava muito escura. Nenhum traço de Virginia havia sido descoberto. Os ciganos foram pegos nos arredores de Brockley, mas ela não estava em sua companhia, e eles explicaram sua súbita partida dizendo que haviam se enganado com a data da Feira de Chorton e saíram apressados por medo de perdê-la. Na verdade, ficaram bastante angustiados ao saber do desaparecimento de Virginia, pois eram muito gratos ao sr. Otis por ter-lhes permitido acamparem em suas terras e quatro deles ficaram para trás para ajudar nas buscas. Dragaram o lago de carpas e vasculharam toda a propriedade, mas sem obter nenhum resultado. Ficou evidente que, pelo menos naquela noite, Virginia não seria encontrada; e foi em um estado de profunda depressão que o sr. Otis e os garotos caminharam de volta para casa, seguidos pelo cavalariço com os dois cavalos e o pônei. No corredor, encontraram um grupo de criados assustados e, deitada em um sofá da biblioteca, estava a pobre sra. Otis, quase enlouquecida de terror e ansiedade, com a velha governanta embebendo-lhe a testa com água de colônia. Imediatamente o sr. Otis insistiu que ela comesse algo e ordenou que o jantar fosse servido para todo o grupo. Foi uma refeição melancólica, já que ninguém dizia quase nada e até mesmo os gêmeos estavam atônitos e calados, pois gostavam muito da irmã. Quando terminaram de comer, o sr. Otis, apesar das súplicas do jovem duque, ordenou que todos fossem para a cama, dizendo que nada mais poderia ser feito naquela noite e que telegrafaria pela manhã para a Scotland Yard, para que lhes enviassem alguns detetives imediatamente. No momento em que saíam da sala de jantar, começou a soar meia-noite na torre do relógio e, ao toque da última badalada, ouviram um estrondo e um repentino grito estridente; um trovão assustador sacudiu a casa, uma melodia sobrenatural pairou pelo ar e um painel no topo da escadaria recuou com um estouro e, no patamar, muito pálida, surgiu Virginia, com um pequeno porta-joias na mão. Em um instante, todos correram ao seu encontro. A sra. Otis tomou-a nos braços emocionada, o duque encheu-a de beijos desesperados e os gêmeos iniciaram uma agitada dança de guerra em volta do grupo.

— Meu Deus! Filha, onde você esteve? — perguntou o sr. Otis, um tanto quanto zangado, pensando que ela havia lhes pregado uma peça. — Cecil e eu temos percorrido todo o condado à sua procura e sua mãe está apavorada. Você nunca mais deve fazer essas brincadeiras de mau gosto.

— A não ser no fantasma! A não ser no fantasma! — gritaram os gêmeos, pulando.

— Minha querida, graças a Deus você foi encontrada; você nunca mais sairá do meu lado novamente — murmurou a sra. Otis, enquanto beijava a trêmula criança e alisava seus emaranhados cabelos dourados.

— Papai — disse Virginia, baixinho —, eu estava com o fantasma. Ele está morto e você deve vir vê-lo. Ele tem sido muito perverso, mas realmente lamentava tudo que tinha feito, e deu-me este belo porta-joias antes de morrer.

Espantada, toda a família fitou-a em silêncio, mas ela continuava muito séria e sisuda; virando-se, conduziu-os através de uma abertura no painel por um estreito corredor secreto, com Washington seguindo-os com uma vela acesa que pegara da mesa. Finalmente chegaram a uma grande porta de carvalho, cravejada de pregos enferrujados. Quando Virginia tocou a porta, ela girou sobre as pesadas dobradiças e todos se viram em uma sala pequena e baixa, com o teto abobadado e uma minúscula janela com grades. Encaixada na parede, havia uma enorme argola de ferro e, acorrentado a ela, um esqueleto esguio, estendido no chão de pedra, parecendo tentar agarrar com seus longos dedos descarnados um antigo jarro e uma bandeja, colocados fora de seu alcance. Evidentemente, o jarro já estivera cheio de água, pois estava coberto de musgo em seu interior. Não havia nada na bandeja além de um monte de poeira. Virginia ajoelhou-se ao lado do esqueleto e, juntando as mãozinhas, começou a orar em silêncio, enquanto o resto do grupo observava maravilhado a terrível tragédia cujo segredo acabara de ser-lhes revelado.

— Olhem! — exclamou subitamente um dos gêmeos, que olhara pela janela para tentar descobrir em que ala da casa se encontrava o recinto em que estavam. — Olhem só! A velha amendoeira seca renasceu. Posso ver as flores claramente sob o luar.

— Deus o perdoou — disse Virginia com seriedade enquanto se levantava, e uma bela luz parecia iluminar seu rosto.

— Como você é um anjo! — exclamou o jovem duque, abraçando-a e beijando-a.

CAPÍTULO 7

Quatro dias depois desses curiosos incidentes, um funeral começou na propriedade de Canterville, por volta das onze horas da noite. O carro fúnebre era puxado por oito cavalos negros, cada um com um grande tufo de ondulantes plumas de avestruz, e o caixão de chumbo era coberto por um rico manto púrpura, no qual estava bordado em dourado o brasão de Canterville. Ao lado do carro funerário e das carruagens caminhavam os criados com tochas acesas e toda a procissão estava realmente impressionante. Lorde Canterville comandava o velório, tendo vindo especialmente do País de Gales para assistir ao funeral, sentando-se ao lado da jovem Virginia na primeira carruagem. Depois, vinham o ministro dos Estados Unidos e sua esposa, seguidos de Washington e os três garotos; e, na última carruagem, estava a sra. Umney. Era consenso que, como ela fora aterrorizada pelo fantasma por mais de cinquenta anos, tinha o direito de ver seu fim. Uma cova funda foi cavada a um canto do cemitério, logo abaixo do velho teixo, e a cerimônia foi conduzida impecavelmente pelo reverendo Augustus Dampier. Quando a cerimônia terminou, os criados, seguindo um antigo costume da família Canterville, apagaram suas tochas e, quando o caixão estava sendo baixado em sua sepultura, Virginia deu um passo à frente e pousou sobre ele uma grande cruz de flores de amendoeira rosadas e brancas. Ao fazê-lo, a lua saiu de trás de uma nuvem e inundou com sua silenciosa luz prateada o pequeno cemitério e, de um bosque distante, um rouxinol começou a cantar. Virginia pensou na descrição do Jardim da Morte feita pelo fantasma, seus olhos se encheram de lágrimas e ela mal conseguiu falar uma só palavra no trajeto para casa.

Na manhã seguinte, antes de lorde Canterville voltar à cidade, o sr. Otis teve uma conversa com ele a respeito das joias que o fantasma havia dado a Virginia. Eram joias completamente magníficas, em especial um certo colar de rubis com um antigo engaste veneziano, um esplêndido exemplar da ourivesaria do século XVI, e seu valor era tão grande que o sr. Otis hesitava em permitir que sua filha as aceitasse.

— Meu caro lorde, eu sei que nesse país as heranças aplicam-se tanto às quinquilharias quando às terras, e para mim é claro que essas joias são, ou deveriam ser, herança de sua família. Devo pedir-lhe, portanto, que as leve para Londres consigo e considere-as simplesmente parte de sua propriedade que lhe foi devolvida sob certas curiosas condições. Quanto à minha filha, ela é apenas uma criança e ainda não tem, fico feliz em dizê-lo, grande interesse em tais acessórios fúteis de luxo. Também fui informado pela sra. Otis, a qual, posso afirmar-lhe, não é pouca autoridade em arte – tendo tido o privilégio de passar vários invernos em Boston quando era menina –, que essas joias têm grande valor monetário e, se colocadas à venda, alcançarão um alto preço. Sob tais circunstâncias, lorde Canterville, tenho certeza de que o senhor reconhecerá como me seria impossível permitir-lhes que continuassem em poder de qualquer membro de minha família; e, na verdade, todas essas decorações e brinquedos frívolos, por mais adequados ou necessários à dignidade da aristocracia britânica, ficariam completamente deslocados entre aqueles que cresceram sob os rigorosos e, acredito que imortais, princípios da simplicidade republicana. Ainda assim, talvez eu deva mencionar que Virginia está muito ansiosa para que o senhor lhe permita ficar com a caixa, como uma lembrança de seu desafortunado e desencaminhado ancestral. Como ela é muito antiga e, por isso, bastante danificada, talvez o senhor ache adequado atender seu pedido. Quanto a mim, confesso que estou bastante surpreso de ver uma filha minha expressando simpatia por medievalismos de qualquer forma, e só posso explicá-la pelo fato de Virginia ter nascido em um de seus subúrbios de Londres, pouco depois da sra. Otis ter retornado de uma viagem para Atenas.

Lorde Canterville ouviu com muita seriedade o discurso do digno ministro, puxando o bigode grisalho de vez em quando para esconder um sorriso involuntário e, quando o sr. Otis terminou, apertou cordialmente sua mão e disse:

— Meu caro senhor, sua encantadora filhinha prestou ao meu infeliz ancestral, sir Simon, um serviço extremamente importante, e minha família e eu devemos muito a ela por sua maravilhosa coragem e determinação. As joias claramente lhe pertencem e, por Deus, acredito que se eu fosse cruel o suficiente para tirá-las dela, o velho perverso sairia de sua cova em duas semanas e faria de minha vida um inferno. Quanto a serem heranças de família, nada que não seja mencionado em um testamento ou outro documento legal pode ser assim considerado, e a existência dessas joias era totalmente desconhecida. Asseguro-lhe que não tenho mais direitos sobre elas do que seu mordomo, e quando a srta. Virginia crescer, ouso dizer que ficará feliz em ter coisas bonitas para usar. Além disso, sr. Otis, não se esqueça de que o senhor levou a mobília e o fantasma pelo valor combinado, e tudo que pertencia ao fantasma passou imediatamente para o senhor e, a despeito de qualquer atividade que sir Simon possa ter lhes mostrado nos corredores à noite, pela lei ele estava realmente morto e o senhor adquiriu sua propriedade no ato da compra.

O sr. Otis ficou bastante incomodado com a recusa de lorde Canterville e rogou-lhe que reconsiderasse sua decisão, mas o bem-intencionado colega era bastante firme e finalmente convenceu o ministro a permitir que sua filha ficasse com o presente que o fantasma lhe havia dado e quando, na primavera de 1890, a jovem duquesa de Cheshire foi introduzida no salão da rainha por ocasião de seu casamento, suas joias foram motivo de admiração de todos. Pois Virginia recebeu sua pequena coroa, símbolo da recompensa de todas as boas garotas americanas, e casou-se com o noivo assim que ele atingiu a maioridade. Ambos eram tão encantadores e se amavam tanto que todos ficaram maravilhados com o casamento, exceto a marquesa de Dumbleton – que tentara desposar o duque com uma de suas sete filhas solteiras e ofereceu nada menos que três caros jantares para esse fim – e, é estranho admitir, o próprio sr. Otis. Ele gostava muito do jovem duque, mas, em teoria, opunha-se a títulos e, para usar suas próprias palavras, "não era com poucas aflições que receava que, em meio às inquietantes influências de uma aristocracia amante do prazer, os verdadeiros princípios da simplicidade republicana fossem esquecidos". Suas objeções, no entanto, foram totalmente rejeitadas, e acredito que quando ele caminhava em direção ao altar da igreja de St. George, em Hanover Square, com a filha apoiada no braço, não havia homem mais orgulhoso em toda a extensão do território inglês.

O duque e a duquesa, depois de terminada a lua de mel, voltaram para Canterville e, na tarde seguinte à sua chegada, foram até o isolado cemitério ao lado dos pinheirais. A princípio, tiveram bastante dificuldade para decidirem-se quanto à inscrição na lápide de sir Simon, mas finalmente optaram por gravar apenas as iniciais do nome do velho cavalheiro e o verso do vitral da biblioteca. A duquesa trouxera consigo algumas adoráveis rosas, que espalhou sobre o túmulo, e, depois de permanecerem no local por algum tempo, foram até o altar em ruínas da velha abadia. Ali, a duquesa sentou-se em uma coluna caída enquanto seu marido deitava-se a seus pés, fumando um cigarro e olhando para seus belos olhos. De repente, ele jogou fora o cigarro, segurou sua mão e disse-lhe:

— Virginia, uma esposa não deve ter segredos para seu marido.

— Meu querido Cecil! Não guardo nenhum segredo de você.

— Sim, você guarda — respondeu ele, sorrindo —, você nunca me contou o que lhe aconteceu quando estava trancada com o fantasma.

— Nunca contei a ninguém, Cecil — disse Virginia, séria.

— Sei disso, mas você deve contar para mim.

— Por favor, não me peça isso, Cecil, não posso lhe contar nada. Pobre sir Simon! Devo tanto a ele. Não ria, Cecil, é verdade. Ele me fez ver o que é a vida, o que a morte significa e porque o amor é mais forte do que ambos.

O duque se levantou e beijou a esposa com devoção.

— Você pode manter seu segredo, contanto que eu tenha seu coração — ele murmurou.

— Você sempre o teve, Cecil.

— E você contará para nossos filhos algum dia, não é?

Virginia enrubesceu.

O CRIME DE LORDE ARTHUR SAVILE

CAPÍTULO 1

E̶ra a última recepção de lady Windermere antes da Páscoa, e Bentinck House estava ainda mais lotada do que o normal. Seis chefes de gabinete vieram da recepção ao presidente da Câmara dos Comuns[18] com suas estrelas e condecorações, todas as belas mulheres usavam seus vestidos mais elegantes e, no fundo da galeria de retratos, encontrava-se a Princesa Sophia de Carlsrühe, uma pesada dama de aparência tártara[19], com minúsculos olhos negros e maravilhosas esmeraldas, falando um péssimo francês a plenos pulmões e rindo exageradamente de tudo que lhe diziam. Era certamente uma fascinante combinação de pessoas. Lindas damas conversavam afetuosamente com violentos radicais, pregadores populares acotovelavam-se com eminentes céticos, um perfeito rebanho de bispos insistia em seguir uma robusta prima-dona de sala em sala, na escadaria encontravam-se vários membros da Academia Real disfarçados de artistas, e dizia-se que, a certa altura, o salão de banquetes ficou abarrotado de gênios. Na verdade, foi uma das melhores noites de lady Windermere, e a princesa ficou até quase onze e meia da noite.

Assim que a princesa se foi, lady Windermere voltou à galeria de retratos, onde um famoso

---

18 Presidente do Parlamento inglês. (N. do T.)
19 Os tártaros são um grupo étnico turcomano estimado em 10 milhões de pessoas até o fim do século XX. Atualmente, a grande maioria do povo tártaro está localizada na Rússia. (N. do T.)

economista político explicava de forma solene a teoria científica da música a um indignado virtuose da Hungria, e começou a conversar com a duquesa de Paisley. Ela estava encantadoramente bela com seu lindo pescoço de marfim, seus grandes olhos azuis como miosótis e seus volumosos cachos dourados. Seus cabelos eram *or pur*[20] – não essa cor de palha clara que hoje em dia apropriou-se do gracioso nome do ouro, mas o ouro que é tecido nos raios de sol ou oculto em curioso âmbar; e davam ao seu rosto algo parecido com os contornos de uma santa, com um bocado do fascínio de uma pecadora. Ela geraria um interessante estudo psicológico. Cedo na vida, descobrira a solene verdade de que nada parece tão inocente quanto uma indiscrição; e, devido a uma série de aventuras imprudentes, metade delas bastante inofensivas, ela adquiriu todos os privilégios de uma personalidade. Ela trocara de marido mais de uma vez; na verdade, Debrett credita-lhe três casamentos; mas como ela nunca trocou de amante, há muito tempo o mundo deixara de falar de seus escândalos. Tinha agora quarenta anos, sem filhos, e aquela paixão descontrolada pelo prazer que é o segredo para manter-se jovem.

Subitamente, ela olhou ao redor do salão impaciente e disse, com sua nítida voz de contralto:

— Onde está meu quiromante?

— Seu o quê, Gladys? — exclamou a duquesa, com um sobressalto involuntário.

— Meu quiromante, duquesa; não posso mais viver sem ele.

— Querida Gladys! Você é sempre tão original — murmurou

---

20 "Ouro puro", em francês. (N. do T.)

a duquesa, tentando lembrar o que realmente era um quiromante, esperando que não fosse o mesmo que um quiropodista[21].

— Ele vem ler minha mão duas vezes por semana, sem falta — continuou lady Windermere. — E ele sempre diz coisas muito interessantes.

"Meu Deus!", disse a duquesa para si mesma, "então ele é mesmo uma espécie de quiropodista. Que coisa horrível. Espero que seja estrangeiro, pelo menos. Aí não seria tão ruim."

— Certamente preciso apresentá-lo a você.

— Apresentá-lo! — exclamou a duquesa. — Você quer me dizer que ele está aqui? — e começou a procurar por seu pequeno leque casco de tartaruga e um xale de renda bastante gasto, para ficar pronta para sair em um instante.

— Claro que ele está aqui; nem sonharia em dar uma festa sem ele. Ele afirma que tenho uma mão psíquica pura, e caso meu polegar fosse um pouco mais curto, eu teria sido uma pessimista convicta e me mudaria para um convento.

— Ah, agora entendo! — disse a duquesa, sentindo-se muito aliviada — Ele lê sua sorte, não é?

— E os infortúnios também — respondeu lady Windermere —, quaisquer que sejam eles. No ano que vem, por exemplo, corro grande perigo, tanto em terra quanto no mar, então vou morar em um balão e içar meu jantar por uma cesta todas as noites. Está tudo escrito no meu dedo mindinho, ou na palma da minha mão, não me lembro qual.

— Mas com certeza isso é provocar a Providência Divina, Gladys.

---

21 Especialista no tratamento de doenças relacionadas às mãos e pés. (N. do T.)

— Minha querida duquesa, com certeza, a essa altura, a Providência consegue resistir às provocações. Acredito que todos deveriam ter a mão lida uma vez por mês, para saber o que não fazer. Claro, acabamos fazendo o que queremos mesmo assim, mas é tão agradável ser avisada do contrário. Agora, se ninguém for buscar o sr. Podgers neste instante, terei de ir eu mesma.

— Deixe-me ir, lady Windermere — disse um jovem alto e bonito que estava parado ao lado delas, ouvindo a conversa com um sorriso entretido.

— Muito obrigada, lorde Arthur, mas receio que você não o reconheça.

— Se ele é tão maravilhoso quanto você diz, lady Windermere, não poderia deixar de reconhecê-lo. Diga-me como ele é e o trarei imediatamente.

— Bom, ele não é nem um pouco parecido com um quiromante. Quer dizer, ele não tem um ar misterioso, esotérico ou romântico. É um homem baixo e atarracado, com uma careca engraçada e imensos óculos de aros dourados; é uma mistura de médico de família e advogado do interior. Realmente sinto muito, mas não é minha culpa. As pessoas são tão irritantes. Todos os meus pianistas se parecem com poetas e todos os meus poetas se parecem com pianistas; e me lembro de, na temporada passada, ter convidado um perigoso terrorista para o jantar, um homem que havia explodido inúmeras pessoas e que sempre usava uma malha de metal sob as vestes e carregava um punhal na manga da camisa; e você sabia que, quando ele chegou, parecia um velho e gentil clérigo, e contou piadas a noite inteira? Claro, ele era muito divertido e tudo o mais, mas fiquei terrivelmente desapontada; e quando lhe perguntei sobre sua malha de metal, ele simplesmente riu e disse que ela era muito gelada para usá-la na Inglaterra. Ah, eis o sr. Podgers! Agora, sr. Podgers, quero que leia a mão da duquesa de Paisley. Duquesa, você precisa tirar sua luva. Não, não a mão esquerda, a outra.

— Querida Gladys, realmente não acho que isso seja muito correto — disse a duquesa, desabotoando sem muito ânimo uma luva de pelica bastante encardida.

— Nada que é interessante é correto — disse lady Windermere — *on a fait le monde ainsi*[22]. Mas devo apresentar-lhes. Duquesa, este é o sr. Podgers, meu quiromante de estimação. Sr. Podgers, esta é a duquesa de Paisley, e se o senhor disser que ela tem um monte da lua maior do que o meu, nunca acreditarei no senhor novamente.

— Tenho certeza, Gladys, que não há nada dessa espécie em minha mão — disse a duquesa com seriedade.

— Vossa Graça tem toda razão — disse o sr. Podgers, olhando para a mãozinha rechonchuda com seus dedos curtos e largos —, seu monte da lua não se desenvolveu. A linha da vida, por outro lado, é excelente. Por favor, dobre seu pulso. Obrigado. Três linhas distintas na *rascette*[23]! Você viverá até uma idade avançada, duquesa, e será extremamente feliz. Ambição... Bastante moderada, linha da cabeça sem exageros, linha do coração...

— Agora, seja indiscreto, sr. Podgers — exclamou lady Windermere.

— Nada me daria mais prazer — disse o sr. Podgers, curvando-se — caso a duquesa algum dia tivesse tido indiscrições em sua vida, mas lamento dizer que vejo uma afeição extremamente duradoura, combinada com um forte senso de dever.

---

22 "O mundo foi feito assim", em francês. (N. do T.)
23 Termo em francês antigo (literalmente "pulso") usado por quiromantes para designar a linha que separa o pulso da palma da mão. (N. do T.)

— Por favor, continue, sr. Podgers — disse a duquesa, parecendo muito contente.

— A economia não é a menor das virtudes de Vossa Graça — continuou o sr. Podgers, e lady Windermere teve um acesso de riso.

— Economia é algo muito bom — observou a duquesa, condescendente. — Quando me casei com Paisley, ele tinha onze castelos e nenhuma casa digna de se morar.

— E agora ele tem doze casas e nem um único castelo — exclamou lady Windermere.

— Bem, minha querida — disse a duquesa —, eu gosto de...

— Conforto — disse o sr. Podgers — e instalações modernas e água quente em todos os quartos. Vossa Graça está muito certa. Conforto é a única coisa que nossa civilização pode nos oferecer.

— O senhor descreveu o caráter da duquesa de forma admirável, sr. Podgers, e agora deve descrever lady Flora — e, em resposta a um aceno da sorridente anfitriã, uma garota alta, de cabelos cor de areia tipicamente escoceses e omoplatas altas, saiu desajeitadamente de detrás do sofá e estendeu uma mão longa e ossuda, com dedos espatulados.

— Ah, uma pianista! Estou vendo — disse o sr. Podgers — uma excelente pianista, mas muito provavelmente não se trata de uma musicista. Muito reservada, muito honesta e com grande amor pelos animais.

— É verdade! — exclamou a duquesa, voltando-se para lady Windermere. — Absolutamente verdade! Flora cuida de duas dúzias de cães da raça collie em Macloskie e, se o pai permitisse, transformaria nossa casa em um zoológico.

— Bom, isso é exatamente o que eu faço com minha casa

todas as noites de quinta-feira — exclamou lady Windermere, rindo —, só que prefiro leões a cães da raça collie.

— Seu único erro, lady Windermere — disse o sr. Podgers, fazendo-lhe uma pomposa reverência.

— Se uma mulher não pode fazer de seus erros algo encantador, trata-se apenas de uma fêmea — foi sua resposta. — Mas o senhor deve ler mais algumas mãos para nós. Venha, sir Thomas, mostre sua mão ao sr. Podgers — e um velho cavalheiro de aparência cordial, vestindo um colete branco, tomou a frente e estendeu uma mão grossa e robusta, com um dedo médio bastante comprido.

— Uma natureza aventureira; quatro longas viagens no passado, e uma por vir. Sofreu três naufrágios. Não, apenas dois, mas corre perigo de naufragar em sua próxima viagem. Ferrenho adepto do Partido Conservador, muito pontual e apaixonado por colecionar curiosidades. Teve uma grave doença entre os dezesseis e os dezoito anos. Herdou uma fortuna por volta dos trinta. Grande aversão a gatos e aos radicais.

— Extraordinário! — exclamou sir Thomas. — O senhor deverá ler a mão de minha esposa também.

— De sua segunda esposa — disse o sr. Podgers em voz baixa, mantendo a mão de sir Thomas nas suas. — De sua segunda esposa. Terei muito prazer em fazê-lo. Mas lady Marvel, uma mulher de aparência melancólica, com cabelos castanhos e cílios sentimentais, recusou-se veementemente a ter seu passado ou futuro expostos; e nada que lady Windermere fizesse poderia convencer monsieur de Koloff, o embaixador russo, a sequer tirar suas luvas. Na verdade, muitas pessoas pareciam ter medo de enfrentar aquele estranho homenzinho com seu sorrisinho caricatural, seus óculos dourados e seus olhos brilhantes e redondos; e, quando ele disse à pobre lady Fermor, diante de todos, que ela não se interessava nem um pouco por música, mas adorava músicos, todos sentiram que a quiromancia era uma ciência muito perigosa, algo que não deveria ser incentivado, exceto em um tête-à-tête.

No entanto, lorde Arthur Savile, que não ficou sabendo da infeliz história de lady Fermor e observava o sr. Podgers com muito interesse, ficou bastante curioso em ter sua própria mão lida e, sentindo-se um tanto quanto acanhado para candidatar-se, cruzou a sala até onde lady Windermere estava sentada e, com um encantador constrangimento, perguntou-lhe se o sr. Podgers se importaria em fazê-lo.

— É claro que ele não vai se importar — disse lady Windermere —, é para isso que ele está aqui. Todos os meus leões, lorde Arthur, são leões amestrados e pulam entre as argolas sempre que lhes ordeno. Mas devo advertir-lhe que contarei tudo a Sybil. Ela vem almoçar comigo amanhã para conversarmos sobre chapéus, e se o sr. Podgers descobrir que o senhor tem um temperamento ruim, tendência a sofrer de gota, ou uma esposa morando em Bayswater, certamente lhe contarei tudo a respeito.

Lorde Arthur sorriu e balançou a cabeça. — Não estou com medo — respondeu ele. — Sybil me conhece tão bem quanto eu a conheço.

— Ah! Sinto ouvi-lo falar assim. A base apropriada para um casamento é o mútuo desentendimento. Não, absolutamente não sou cínica, apenas tenho experiência, o que, no entanto, é praticamente a mesma coisa. Sr. Podgers, lorde Arthur Savile está morrendo de vontade de que o senhor leia sua mão. Não lhe diga que está noivo de uma das garotas mais belas de Londres, porque isso foi noticiado no *Morning Post* já faz um mês.

— Querida lady Windermere — exclamou a marquesa de Jedburgh —, deixe-me ficar com o sr. Podgers mais um pouco. Ele acaba de me dizer que eu deveria subir aos palcos, e fiquei bastante interessada.

— Se ele disse isso, lady Jedburgh, certamente tenho de levá-lo embora. Venha imediatamente, sr. Podgers, e leia a mão de lorde Arthur.

— Bom — disse lady Jedburgh, fazendo uma careta ao levantar-se do sofá —, se não tiver permissão para subir ao palco, pelo menos permita-me fazer parte do público.

— Certamente; todos nós faremos parte da plateia — disse lady Windermere. — E agora, sr. Podgers, trate de nos contar algo interessante. Lorde Arthur tem um lugar especial entre meus favoritos.

No entanto, quando o sr. Podgers viu a mão de lorde Arthur, ficou estranhamente pálido e não disse mais nada. Um arrepio pareceu atravessar-lhe o corpo e suas sobrancelhas, grandes e grossas, contraíram-se convulsivamente, de um jeito bizarro e exasperante, exatamente como quando ele ficava intrigado. Então, enormes gotas de suor brotaram de sua testa amarelada, como uma espécie de orvalho venenoso, e seus dedos gordos ficaram frios e pegajosos.

Lorde Arthur não deixou de perceber esses estranhos sinais de agitação e, pela primeira vez na vida, sentiu medo. Sua vontade era sair correndo da sala, mas conteve-se. Era melhor saber o pior, fosse o que fosse, do que ficar nessa terrível incerteza.

— Estou esperando, sr. Podgers — disse ele.

— Estamos todos esperando — exclamou lady Windermere, com seu jeito frenético e impaciente, mas o quiromante não respondeu.

— Acredito que Arthur subirá aos palcos — disse lady Jedburgh —, mas, depois de sua censura, o sr. Podgers está com medo de contar-lhe.

Subitamente, o sr. Podgers soltou a mão direita de lorde Arthur e tomou a esquerda, curvando-se de tal forma para examiná-la que a armação dourada de seus óculos parecia quase tocar-lhe a palma. Por um momento, seu rosto tornou-se uma máscara pálida de horror, mas ele logo recuperou seu sangue-frio e, olhando para lady Windermere, disse com um sorriso forçado:

— É a mão de um jovem encantador.

— Certamente que é! — respondeu lady Windermere. — Mas ele será um marido encantador? É isso que eu quero saber.

— Todos os jovens encantadores são — disse o sr. Podgers.

— Não acho que um marido deva ser muito fascinante — murmurou lady Jedburgh, pensativa. — É algo perigoso demais.

— Minha jovem querida, eles nunca são tão fascinantes assim — exclamou lady Windermere. — Mas o que quero são detalhes. Os detalhes são as únicas coisas que interessam. O que vai acontecer com lorde Arthur?

— Bom, nos próximos meses lorde Arthur fará uma viagem...

— Ah, sim, sua lua de mel, certamente!

— E perderá um parente...

— Não a irmã dele, espero — disse lady Jedburgh, com um tom de voz lastimável.

— Certamente não é sua irmã — respondeu o sr. Podgers, reprovando-a com um aceno da mão —, apenas um parente distante.

— Bom, estou terrivelmente desapontada — disse lady Windermere. — Não tenho absolutamente nada a contar para Sybil amanhã. Ninguém se preocupa com parentes distantes hoje em dia. Eles saíram de moda há muitos anos. No entanto, acho melhor ela ter algo em seda preta consigo; vocês sabem bem, é o que se usa na igreja. E agora vamos cear. Com certeza já comeram tudo, mas talvez achemos um pouco de sopa quente. François costumava preparar uma sopa excelente, mas ele anda tão agitado com a política ultimamente que não posso garantir mais nada. Gostaria que o general Boulanger ficasse calado. Duquesa, certamente está cansada, não?

— De maneira nenhuma, minha querida Gladys — respondeu a duquesa, andando oscilante em direção à porta. — Diverti-me muito, e o quiropodista, quero dizer, o quiromante é extremamente interessante. Flora, onde será que está meu leque casco de tartaruga? Ah, muito obrigado, sir Thomas. E meu xale de renda, Flora? Ah, obrigado, sir Thomas, certamente muito gentil de sua parte — e a dignà criatura finalmente conseguiu descer as escadas sem derrubar seu frasco de sais aromáticos mais de duas vezes.

Durante todo esse tempo, lorde Arthur permanecera de pé junto à lareira, com a mesma sensação de pavor, a mesma sensação nauseante de algum mal à espreita. Sorriu com tristeza para a irmã quando ela passou por ele, de braço dado com lorde Plymdale, encantadora em seu vestido de brocado cor-de-rosa e suas pérolas, e mal ouviu lady Windermere quando ela o chamou para que a acompanhasse. Estava pensando em Sybil Merton, e a ideia de que algo pudesse colocar-se entre eles fez seus olhos encherem-se de lágrimas.

Quem olhasse para ele poderia dizer que Nêmesis roubara o escudo de Palas e lhe mostrara a cabeça da Górgona[24].

---

24 Nêmesis, Palas e Górgona (também conhecida como Medusa) são personagens da mitologia grega. (N. do T.)

Parecia ter sido transformado em pedra e seu rosto, tomado de melancolia, lembrava uma peça de mármore. Ele levara a vida sensível e luxuosa de um jovem com berço e fortuna, uma vida requintada – livre de preocupações sórdidas – e bela em sua indiferença juvenil; e agora, pela primeira vez, ele se conscientizara do terrível mistério do destino, do horrendo significado da fatalidade.

Como tudo aquilo lhe parecia louco e monstruoso! Estaria escrito em sua mão, em caracteres que ele mesmo não conseguia ler, mas que outra pessoa era capaz de decifrar, algum terrível segredo pecaminoso, o sinal ensanguentado de um crime? Não tinha ele escapatória? Não éramos nada além de peças de xadrez, movidas por um poder invisível, recipientes que um artesão molda a seu gosto, destinados à honra ou à vergonha? Seu bom senso revoltava-se contra tal coisa, mas ele sentia que uma tragédia pairava sobre si e que, de repente, era chamado a carregar um fardo insuportável. Os atores são tão afortunados. Eles podem escolher se vão fazer parte de uma tragédia ou de uma comédia, se vão sofrer ou divertir-se, rir ou derramar lágrimas. Mas a vida real é diferente. A maioria dos homens e mulheres são forçados a desempenhar papéis para os quais não têm qualificação. Nossos Guildensterns encenam Hamlet e nossos Hamlets são obrigados a fazer gracejos como o Príncipe Hal[25]. O mundo é um palco, mas a peça tem um péssimo elenco.

Subitamente o sr. Podgers entrou na sala. Quando viu lorde Arthur, tomou um susto e seu rosto rechonchudo e vulgar tomou uma cor amarelo-esverdeada. Os olhares dos dois homens se cruzaram e, por um momento, eles ficaram em silêncio.

---

25 Guildenstern, Hamlet e Príncipe Hal são personagens de peças shakespearianas. (N. do T.)

— A duquesa deixou uma de suas luvas aqui, lorde Arthur, e pediu-me para levá-la para ela — disse finalmente o sr. Podgers.

— Ah, ali está ela no sofá! Boa noite.

— Sr. Podgers, devo insistir que me dê uma resposta sem rodeios a uma pergunta que vou lhe fazer.

— Em outra ocasião, lorde Arthur, agora a duquesa está muito ansiosa. Receio que eu deva partir.

— O senhor não pode ir. A duquesa não está com pressa.

— Não se deve deixar uma dama esperando, lorde Arthur — disse o sr. Podgers, com seu sorriso doentio. — O belo sexo tende a ser impaciente.

Os lábios perfeitamente esculpidos de lorde Arthur curvaram-se em um desdém petulante. A pobre duquesa parecia-lhe ter pouca importância naquele momento. Ele atravessou a sala até onde se encontrava o sr. Podgers e estendeu-lhe a mão.

— Diga-me o que viu há pouco — disse ele. — Diga-me a verdade. Tenho de saber. Não sou uma criança.

Os olhos do sr. Podgers piscaram por trás de seus óculos de aros dourados e, inquieto, ele se apoiava ora em um pé, ora no outro, enquanto seus dedos moviam-se nervosamente sobre um vistoso relógio de bolso.

— O que o faz pensar que vi algo em sua mão, lorde Arthur, além do que lhe contei?

— Sei que viu, e insisto que o senhor me diga o que foi. Vou pagar-lhe. Dou-lhe um cheque de cem libras.

Os olhos verdes brilharam por um instante, voltando a ficar opacos logo depois.

— Em guinéus? — disse enfim o sr. Podgers, em voz baixa.

— Certamente. Envio-lhe o cheque amanhã. A qual clube pertence?

— Não sou afiliado a nenhum clube. Quer dizer, não atualmente. Meu endereço é... Permita-me oferecer-lhe meu cartão — e, tirando do bolso do colete um pedaço de cartolina com as arestas douradas, o sr. Podgers entregou a lorde Arthur, com uma pequena mesura, o cartão, onde se lia:

Sr. SEPTIMUS R. PODGERS
Quiromante Profissional
103a West Moon Street

— Atendo das dez às quatro — murmurou mecanicamente o sr. Podgers — e faço um desconto para famílias.

— Seja rápido — exclamou lorde Arthur, mostrando-se muito pálido ao estender-lhe a mão.

O sr. Podgers olhou nervoso à sua volta, e fechou a pesada cortina que fazia as vezes de porta do recinto.

— Isso vai levar algum tempo, lorde Arthur, é melhor o senhor se sentar.

— Seja rápido, meu senhor — exclamou lorde Arthur mais uma vez, batendo com raiva o pé no assoalho polido.

O sr. Podgers sorriu, tirou do bolso interno do colete uma pequena lupa, e limpou-a cuidadosamente com seu lencinho.

— Estou pronto — disse ele.

CAPÍTULO 2

Dez minutos depois, com o rosto descorado pelo terror e os olhos ensandecidos pela tristeza, lorde Arthur Savile saiu correndo de Bentinck House, abrindo caminho entre a multidão de lacaios em casacos de pele que estavam ao redor do grande toldo listrado, parecendo não ver ou ouvir nada à sua volta. A noite estava bastante fria e os postes a gás ao redor da praça brilhavam e tremeluziam sob o vento forte; mas suas mãos ferviam e sua testa ardia como fogo. Ele continuou em frente, cambaleando como um bêbado. Um policial olhou-o com curiosidade enquanto ele passava e um mendigo, que arrastara-se por detrás de uma arcada para pedir-lhe esmolas, assustou-se ao ver uma miséria maior do que a sua. A um dado momento, ele parou sob um poste e olhou para suas mãos. Pensou já poder constatar nelas uma mancha de sangue, e um grito fraco surgiu de seus lábios trêmulos.

Assassinato! Foi isso que o quiromante havia visto. Assassinato! A própria noite parecia ter conhecimento disso, e o vento desolado uivava-lhe tal constatação nos ouvidos. Os cantos escuros das ruas estavam cansados de saber. Dos telhados das casas, a notícia sorria-lhe.

Primeiro, dirigiu-se ao parque, cujo bosque sombrio parecia fasciná-lo. Exausto, encostou-se no gradil, refrescando a testa contra o metal úmido e ouvindo o silêncio trêmulo das árvores. — Assassinato! Assassinato! — continuava repetindo, como se a repetição pudesse diminuir o horror daquela palavra. O som de sua própria voz o fazia estremecer, e ainda assim ele quase desejava que o eco pudesse ouvi-lo e arrancasse a cidade adormecida de seus sonhos. Sentiu um desejo louco de parar um pedestre que passava para contar-lhe tudo.

Então, começou a vagar pela Oxford Street, por becos estreitos e corrompidos. Duas mulheres com os rostos pintados zombaram dele enquanto passava. De um pátio escuro vinha um som de ofensas e golpes, seguido por gritos estridentes e, amontoadas defronte a uma porta, ele viu as formas curvadas da pobreza e da velhice. Uma estranha piedade tomou conta dele. Estavam esses filhos do pecado e da miséria predestinados ao fim deles como ele estava para o seu? Eram eles, assim como ele mesmo, meramente fantoches de um espetáculo monstruoso?

No entanto, não era o mistério, mas a comicidade do sofrimento que o atingia; sua inutilidade absoluta, sua grotesca falta de sentido. Como tudo aquilo parecia incoerente! Que falta de harmonia! Ele ficara perplexo com a dissonância entre o otimismo superficial da época e os fatos da vida. Ele ainda era tão jovem.

Depois de um tempo, ele se deu conta de que estava em frente à igreja de Marylebone. A rua silenciosa parecia uma enorme faixa de prata polida, pincelada aqui e ali pelos arabescos escuros das sombras em movimento. Ao longe, a fileira de postes a gás tremeluzentes e, diante de uma casa murada, uma solitária carruagem, com o motorista adormecido no interior. Ele dirigiu-se apressado em direção a Portland Place, olhando ao redor de vez em quando, como se temesse estar sendo seguido. Na esquina da Rich Street havia dois homens, lendo um cartaz pregado em um tapume. Tomado por uma estranha sensação de curiosidade, atravessou a rua. Ao se aproximar, a palavra

"Assassinato", impressa em letras pretas, encontrou seu olhar. Ele assustou-se e seu rosto enrubesceu fortemente. Tratava-se de um aviso oferecendo uma recompensa por qualquer informação que levasse à prisão de um homem de estatura mediana, com idade entre trinta e quarenta anos, usando um chapéu coco, casaco preto e calças xadrez, com uma cicatriz sobre a bochecha direita. Ele leu e releu o cartaz inúmeras vezes e pôs-se a imaginar se o desgraçado seria pego, e como ele arranjara aquela cicatriz. Talvez, algum dia, seu próprio nome estaria estampado nos muros de Londres. Talvez, algum dia, um preço seria fixado por sua cabeça também.

Tal pensamento deixou-o enojado de terror. Deu meia-volta e continuou a perambular apressado noite adentro.

Por onde andou, ele mal sabia. Tinha uma vaga lembrança de vagar por um labirinto de casas sórdidas, de estar perdido em uma imensa teia de ruas sombrias, e o dia já estava claro quando finalmente se viu em Piccadilly Circus. Enquanto voltava para casa em direção à Belgrave Square, encontrou as grandes carroças que se dirigiam para Covent Garden[26]. Os carroceiros de aventais brancos, com seus rostos simpáticos e bronzeados e cabelos crespos e ásperos, caminhavam a passos firmes, estalando seus chicotes e, de vez em quando, gritando uns com os outros; no dorso de um enorme cavalo cinza sentava-se um garoto rechonchudo – o líder de um grupo estridente – com um punhado de primaveras em seu chapéu surrado, segurando com força a crina entre as mãos pequeninas e rindo; e os grandes amontoados de verduras pareciam massas de jade contra o céu

---

26 Piccadilly Circus, Belgrave Square e Covent Garden estão localizados na área central de Londres. Até o ano de 1974, existia em Covent Garden uma grande feira livre de frutas e legumes. (N. do T.)

da manhã, como pilhas de jade verde contra as pétalas rosadas de uma magnífica rosa. Lorde Arthur sentiu-se curiosamente emocionado, sem saber dizer por quê. Havia algo na delicada beleza do amanhecer que parecia-lhe de uma dramaticidade inenarrável, e ele pensou em todos os dias que começam belos e terminam em tempestade. E aqueles homens grosseiros, com suas vozes rudes e bem-humoradas e seus modos displicentes, que estranha Londres viam eles! Uma Londres livre do pecado da noite e da fumaça do dia, uma cidade pálida e fantasmagórica, um desolado lugar de túmulos! Ele se perguntou o que pensariam eles a respeito, e se tinham conhecimento dos esplendores e desonras da cidade, de seus prazeres selvagens e flamejantes, de sua terrível fome, de tudo que ela construía e destruía da manhã à noite. Para eles, provavelmente ela não passava de um mercado para onde traziam suas frutas para vender e onde permaneciam por, no máximo, poucas horas, deixando as ruas ainda silenciosas e as casas ainda adormecidas. Dava-lhe prazer observá-los enquanto passavam. Por mais rudes que fossem, com seus pesados sapatos com tachas nas solas e seu andar desajeitado, eles traziam um pouco da Arcádia[27] consigo. Lorde Arthur sentia que viviam com a natureza e que ela lhes ensinara o que é paz. Invejou-os por tudo aquilo que desconheciam.

Quando chegou à Belgrave Square, o céu apresentava um azul pálido e os pássaros começavam a cantar nos jardins.

---

27 Arcádia refere-se a uma visão de pastoralismo e harmonia com a natureza, comum aos poetas dos séculos XVII e XVIII. (N. do T.)

CAPÍTULO 3

Quando lorde Arthur acordou eram doze horas, e o sol do meio-dia entrava pelas cortinas de seda cor de marfim do seu quarto. Ele levantou-se e olhou pela janela. Uma névoa tênue de calor pairava sobre a cidade grande e os telhados das casas apresentavam um tom prateado fosco. No verde tremeluzente da praça, logo abaixo, crianças rodopiavam como borboletas brancas, e a calçada estava tomada por pessoas a caminho do parque. Nunca a vida lhe pareceu mais adorável, nunca as coisas malévolas lhe pareceram tão distantes.

Então, seu criado trouxe-lhe uma xícara de chocolate em uma bandeja. Depois de bebê-lo, ele puxou a pesada cortina aveludada cor de pêssego e foi para o banheiro. A luz entrava suavemente pelo teto, através de finas telhas de ônix transparente, e a água na banheira de mármore reluzia como opalina. Entrou rapidamente na água, até que as frias ondulações tocaram sua garganta e seus cabelos, e então mergulhou a cabeça por completo, como se quisesse apagar a mancha de alguma lembrança vergonhosa. Quando saiu, quase se sentiu em paz. As extraordinárias sensações físicas daquele momento haviam-no dominado, como de fato acontece muitas vezes com sensações finamente forjadas, pois os sentidos, assim como o fogo, tanto podem purificar quanto destruir.

Depois do café da manhã, atirou-se em um sofá e acendeu um cigarro. No console da lareira, emoldurado em um delicado brocado antigo, havia uma grande fotografia de Sybil Merton, tal qual ele a vira pela primeira vez, no baile de lady Noel. Sua cabeça pequena e de formato impecável inclinava-se ligeiramente para um lado, como se o pescoço fino, delgado como o junco, mal pudesse suportar o peso de tamanha beleza; os lábios estavam ligeiramente entreabertos e pareciam feitos para suaves melodias; e toda a tenra pureza da juventude transparecia, maravilhada, por meio de seus olhos sonhadores. Com seu vestido justo e acetinado de crepe da China e seu grande leque em formato de folha, ela parecia uma daquelas delicadas figurinhas que os homens encontram nos bosques de oliveiras perto de Tânagra[28]; e havia um certo toque da graça helênica em sua pose e atitude. No entanto, ela não era pequena. Suas proporções eram simplesmente perfeitas – algo raro em uma época em que tantas mulheres são imensas ou insignificantes.

Agora, ao olhar para ela, lorde Arthur sentiu-se dominado pela terrível compaixão que nasce do amor. Ele percebia que casar-se com ela, dada a condenação do assassinato que pairava sobre sua cabeça, seria uma traição como a de Judas, um pecado pior do que qualquer um já imaginado pelos Borgia. Que felicidade poderia haver para eles quando, a qualquer momento, ele poderia ser chamado a cumprir a terrível profecia escrita em sua mão? Que tipo de vida teriam eles enquanto o destino ainda mantivesse essa terrível sorte em sua balança? O casamento deveria ser adiado a qualquer custo. Quanto a isso, ele estava decidido. Embora amasse com ardor a garota, e o mero toque de seus dedos quando sentavam-se lado a lado fizesse cada nervo de seu corpo vibrar de intensa alegria, ainda assim ele reconhecia

---

28 Cidade da Grécia. (N. do T.)

claramente qual era seu dever, e tinha completa consciência de que não tinha o direito de casar-se antes de cometer o assassinato previsto. Feito isso, poderia colocar-se diante do altar com Sybil Merton e entregar sua vida nas mãos dela sem medo de enganá-la. Feito isso, poderia tomá-la nos braços, sabendo que ela jamais teria de envergonhar-se por ele, nunca teria de baixar a cabeça humilhada. Mas, primeiro, precisava fazer o que era preciso; e quanto antes, melhor, para ambos.

Muitos homens em sua posição teriam preferido o caminho prazeroso da sedução às alturas íngremes do dever; mas lorde Arthur era meticuloso demais para colocar o prazer acima dos princípios. Havia mais do que simples paixão em seu amor; e Sybil era para ele um símbolo de tudo que é bom e nobre. Por um momento, ele sentiu uma repugnância natural pelo que era intimado a fazer, mas essa sensação logo se dissipou. Seu coração dizia-lhe que aquilo não era um pecado, mas um sacrifício; sua razão lembrou-lhe que não havia nenhuma outra saída. Ele tinha de escolher entre viver para si mesmo ou viver para os outros e, por mais terrível que fosse a tarefa que lhe era imposta, ele sabia que não deveria permitir que o egoísmo triunfasse sobre o amor. Mais cedo ou mais tarde, todos somos chamados a tomar uma decisão acerca da mesma questão – a todos nós, a mesma indagação é feita. Para lorde Arthur, ela surgiu cedo em sua vida – antes de sua natureza ser arruinada pelo cinismo calculista da meia-idade, ou de seu coração ser corroído pelo egoísmo fútil e moderno de nossos dias, e ele não hesitaria em cumprir seu dever. E também, felizmente, ele não era um mero sonhador ou entusiasta ocioso. Se assim fosse, tal qual Hamlet, teria hesitado e deixado sua indecisão arruinar seu propósito. Mas ele era essencialmente prático. A vida para ele significava ação, em vez de pensamento. Ele possuía a mais rara das qualidades, o bom-senso.

Os sentimentos turvos e devastadores da noite anterior, a essa altura, já haviam cessado, e foi quase com uma sensação de vergonha que ele se recordava de suas loucas caminhadas a esmo rua após rua, de sua intensa e dramática angústia. A própria sinceridade de seus sofrimentos fazia com que eles, agora, lhe parecessem irreais. Ele se perguntava como poderia ter sido tão tolo a ponto de enfurecer-se diante do inevitável. A única questão que parecia incomodá-lo era de quem ia dar cabo, pois ele não estava cego para o fato de que um assassinato, tal qual as religiões do mundo pagão, requer uma vítima tanto quanto um sacerdote. Como não era um gênio, ele não possuía inimigos e, na verdade, sentia que aquele não era o momento para satisfazer nenhum ressentimento ou antipatia pessoal, já que a missão a que se comprometera estava imbuída de extrema seriedade. Assim, fez uma lista de seus amigos e parentes em uma folha de papel e, após cuidadosa consideração, decidiu-se em favor de lady Clementina Beauchamp, uma querida velhinha que morava em Curzon Street, sua prima em segundo grau por parte de mãe. Ele sempre teve muita afeição por lady Clem, como todos a chamavam, e como ele próprio era muito rico, tendo herdado todas as propriedades de lorde Rugby ao atingir a maioridade, não havia a menor possibilidade de obter qualquer ordinária vantagem financeira com sua morte. De fato, quanto mais ele pensava no assunto, mais lady Clem parecia-lhe a pessoa adequada e, sentindo que qualquer demora seria injusta para com Sybil, decidiu tratar dos preparativos imediatamente.

A primeira coisa a ser feita, certamente, era pagar o quiromante; então, sentou-se a uma pequena escrivaninha Sheraton próxima à janela, preencheu um cheque de cento e cinco libras, nominal ao sr. Septimus Podgers e, colocando-o em um envelope, pediu a seu criado para entregá-lo na West Moon Street.

Depois, telefonou para a estrebaria, pedindo sua carruagem, e vestiu-se para sair. Quando deixava a sala, voltou-se para olhar a fotografia de Sybil Merton e jurou que, acontecesse o que acontecesse, nunca a deixaria saber o que estava fazendo por ela, mas manteria o segredo de seu autossacrifício para sempre escondido em seu coração.

No caminho para o Buckingham[29], parou em uma floricultura e enviou para Sybil uma bela cesta de narcisos, com lindas pétalas brancas e cintilantes adônis[30] e, ao chegar ao clube, dirigiu-se imediatamente à biblioteca, tocou a sineta e pediu ao garçom que lhe trouxesse uma soda com limão e um livro sobre toxicologia. Ele decidira firmemente que um veneno seria o melhor meio a adotar nesse problemático assunto. Qualquer tipo de violência física era-lhe extremamente desagradável e, além disso, não desejava assassinar lady Clementina de nenhuma forma que pudesse atrair a atenção do público, pois odiava a ideia de ser idolatrado nos salões de lady Windermere ou ver seu nome figurando nos parágrafos da sociedade vulgar – nos jornais. Também tinha de levar em consideração o pai e a mãe de Sybil, que eram pessoas bastante antiquadas, e possivelmente se oporiam ao casamento se acontecesse qualquer coisa parecida com um escândalo, embora tivesse certeza de que, se lhes contasse todos os fatos, eles seriam os primeiros a apreciar os motivos que o levaram a agir. Por isso, tinha todas as razões para decidir-se em favor de um veneno. Era algo seguro, certo e silencioso, e eliminava qualquer necessidade de cenas dolorosas, às quais, como a maioria dos ingleses, ele se opunha radicalmente.

---

29 Clube de cavalheiros fictício em Londres. (N. do T.)

30 Espécie de flores amarelas ou vermelhas, variando de 20 a 50 centímetros de comprimento, natural da região do Mediterrâneo e do oeste da Ásia. (N. do T.)

Da ciência dos venenos, no entanto, ele não sabia absolutamente nada e, como o garçom parecia incapaz de encontrar qualquer coisa na biblioteca além do *Ruff's Guide* e da *Bailey's Magazine*[31], ele mesmo examinou as estantes de livros e finalmente encontrou uma edição ricamente encadernada da farmacopeia[32] e uma cópia da *Toxicologia* de Erskine, editada por sir Mathew Reid, o presidente do Royal College of Physicians[33] e um dos membros mais antigos do Buckingham, tendo sido eleito por engano no lugar de outra pessoa; um contratempo que enfureceu tanto o comitê que, quando o verdadeiro candidato apareceu, vetaram-no por unanimidade. Lorde Arthur ficou bastante intrigado com os termos técnicos usados em ambos os livros e começava a lamentar não ter prestado mais atenção aos seus estudos clássicos em Oxford quando, no segundo volume de Erskine, encontrou um relato muito interessante e completo das propriedades da aconitina, escrito em um inglês relativamente fácil. Pareceu-lhe ser exatamente o veneno que ele queria. Tinha efeito rápido – na verdade, quase imediato –, era completamente indolor e, quando tomado sob a forma de cápsula gelatinosa, o modo recomendado por sir Mathew, de maneira nenhuma era intragável. Assim, ele anotou, sobre o punho da camisa, a quantidade necessária para uma dose letal, colocou os livros de volta em seus lugares e caminhou pela St. James's Street até a loja de Pestle e Humbey, os conhecidos farmacêuticos. O sr. Pestle, que sempre atendia pessoalmente

---

31 *Ruff's Guide* e *Bailey's Magazine* eram publicações sobre corridas de cavalos e outros esportes equinos, famosas no século XIX e meados do século XX. (N. do T.)

32 Uma Farmacopeia é uma compilação de informações técnicas a respeito da nomenclatura, dos princípios ativos, dos compostos e outros dados de diversas substâncias químicas e farmacêuticas. (N. do T.)

33 Escola Real de Medicina do Reino Unido, equivalente ao Conselho Federal de Medicina brasileiro. (N. do T.)

os membros da aristocracia, ficou bastante surpreso com a prescrição e, de maneira muito respeitosa, murmurou algo a respeito da necessidade de haver um pedido médico. Porém, assim que lorde Arthur explicou-lhe ser veneno para um grande mastim-norueguês do qual era obrigado a se livrar, pois mostrava os primeiros sinais de raiva e já havia mordido o cocheiro duas vezes na panturrilha, o homem deu-se por satisfeito, felicitou lorde Arthur por seus formidáveis conhecimentos em toxicologia e mandou aviar a receita imediatamente.

Lorde Arthur colocou a cápsula em uma bonita *bonbonnière* de prata que vira na vitrine de uma loja em Bond Street, jogou fora a horrível caixa de comprimidos da Pestle & Humbey's e dirigiu-se imediatamente para a casa de lady Clementina.

— Bom, *monsieur le mauvais sujet*[34] — exclamou a velha senhora, assim que ele entrou na sala — por que não veio me visitar todo esse tempo?

— Minha querida lady Clem, não tenho tempo nem sequer para mim — disse lorde Arthur, sorrindo.

— Imagino que você queira me dizer que passa o dia todo com a srta. Sybil Merton, comprando *chiffons*[35] e falando bobagens. Não consigo entender porque as pessoas fazem tanto alarde quando o assunto é casamento. Na minha época, nem sonhávamos em trocar carícias em público e, pensando bem, nem mesmo na intimidade.

— Asseguro-lhe que não vejo Sybil há vinte e quatro horas, lady Clem. Até onde sei, ela está entregue aos seus chapeleiros.

— Claro! Então essa é a única razão pela qual você veio

---

34 "Seu mau-caráter", em francês. (N. do T.)
35 Tipo de tecido leve feito com fibras de seda. (N. do T.)

visitar uma velha feia como eu. Eu fico admirada com o fato de vocês, homens, não serem mais precavidos. *On a fait des folies pour moi*[36], e cá estou eu, uma pobre criatura reumática, com uma franja postiça e temperamento ruim. Ora, se não fosse pela minha querida lady Jansen, que me envia os piores romances franceses que ela encontra, não acho que conseguiria viver nem mais um dia. Os médicos não servem para nada, a não ser para receber seus honorários. Eles não conseguem nem sequer curar minha azia.

— Trouxe-lhe um remédio para isso, lady Clem — disse lorde Arthur, muito sério. — É algo maravilhoso, inventado por um americano.

— Não acho que goste de invenções americanas, Arthur. Na verdade, tenho certeza. Li alguns romances americanos recentemente e eram um completo absurdo.

— Ah, mas não há nenhum absurdo nisto aqui, lady Clem! Garanto que é cura certa. A senhora deve me prometer que vai experimentar — e lorde Arthur tirou a caixinha do bolso e entregou-a a lady Clem.

— Bom, a caixinha é encantadora, Arthur. É realmente um presente? Isso é muito gentil de sua parte. É este o maravilhoso remédio? Parece um docinho. Vou tomá-lo agora mesmo.

— Por Deus, lady Clem! — exclamou lorde Arthur, segurando-lhe a mão. — A senhora não deve tomá-lo assim. É um medicamento homeopático, e se a senhora tomá-lo sem estar com azia, pode lhe causar muito mal. Espere até ter uma crise e então poderá tomá-lo. A senhora ficará surpresa com o resultado.

— Gostaria de tomá-lo agora — disse lady Clementina, segurando a pequena cápsula transparente contra a luz, com

---

36 "Fizeram loucuras por mim", em francês. (N. do T.)

sua bolha flutuante de aconitina líquida. Tenho certeza de que é delicioso. A verdade é que eu detesto médicos, mas adoro remédios. No entanto, vou guardá-lo até minha próxima crise.

— E quando será isso? — perguntou, ansioso, lorde Arthur. — Em breve?

— Espero que em mais de uma semana. Passei muito mal ontem de manhã. Mas nunca se sabe.

— Então a senhora tem certeza de que terá uma crise antes do final do mês, lady Clem?

— Receio que sim. Mas como você está simpático hoje, Arthur! De verdade, Sybil lhe faz muito bem. E agora você deve partir, pois tenho um jantar com pessoas bastante enfadonhas, pessoas que não gostam de falar de escândalos, e só sei que, se não dormir agora, não conseguirei ficar acordada durante o jantar. Adeus, Arthur, mande lembranças minhas a Sybil, e muito obrigada pelo remédio americano.

— A senhora não vai se esquecer de tomá-lo, não é, lady Clem? — disse lorde Arthur, levantando-se de sua cadeira.

— Claro que não, menino tolo. Acho muito gentil de sua parte pensar em mim, e devo escrever-lhe caso eu queira mais.

Lorde Arthur saiu da casa animado, com uma sensação de imenso alívio.

Naquela mesma noite, encontrou-se com Sybil Merton. Contou-lhe como tinha sido repentinamente colocado em uma posição de extrema dificuldade, da qual nem o dever nem a honra poderiam fazê-lo recuar. Disse-lhe também que o casamento deveria ser adiado por um tempo, até que ele se livrasse de seu terrível embaraço, pois, antes disso, não seria um homem livre. Implorou-lhe que confiasse nele e não tivesse dúvidas quanto ao futuro. Tudo daria certo, mas era preciso um pouco de paciência.

A cena aconteceu no solário da casa do sr. Merton, em Park Lane, onde lorde Arthur jantara, como de costume. Sybil nunca parecera mais feliz e, por um momento, Lorde Arthur sentiu-se tentado a acovardar-se e escrever a lady Clementina pedindo-lhe de volta a pílula, deixando o casamento prosseguir como se não existisse no mundo alguém como o sr. Podgers. No entanto, sua boa índole logo prevaleceu e, mesmo quando Sybil jogou-se chorando em seus braços, ele não vacilou. A beleza que despertava seus sentidos também estimulara sua consciência. Ele sabia que arruinar uma vida tão bela por causa de alguns meses de prazer era a coisa errada a se fazer.

Ele ficou com Sybil até quase meia-noite, consolando-se e, ao mesmo tempo, sendo consolado e, na manhã seguinte, partiu para Veneza, depois de escrever uma carta firme e enérgica ao sr. Merton, sobre a necessidade de adiar o casamento.

CAPÍTULO 4

Em Veneza, ele encontrou seu irmão, lorde Surbiton, que, por coincidência, vinha de Corfu[37] em seu iate. Os dois jovens passaram quinze maravilhosos dias juntos. De manhã, cavalgavam no Lido ou navegavam para todo canto nos canais verdes em sua longa gôndola preta; à tarde, costumavam receber visitas no iate; e, à noite, jantavam no Florian's e fumavam inúmeros cigarros na Piazza. Ainda assim, de alguma forma, lorde Arthur não estava feliz. Todos os dias ele examinava a coluna de obituários do *Times*, esperando alguma notícia da morte de lady Clementina, mas todo dia decepcionava-se. Começou a temer que algum acidente tivesse acontecido e frequentemente arrependia-se de tê-la impedido de tomar a aconitina quando ela se mostrara tão ansiosa para experimentar seus efeitos. Também as cartas de Sybil, embora repletas de amor, confiança e ternura, apresentavam um tom muito triste e, às vezes, ele pensava ter se separado para sempre dela.

Depois de uma quinzena, lorde Surbiton ficou entediado com Veneza e decidiu percorrer a costa até Ravena, ao saber de um importante campeonato de tiro no pinetum[38]. A princípio, lorde Arthur

---

37 Ilha grega próxima ao sul da Itália. (N. do T.)

38 pinetum é o nome genérico dado a uma alameda de pinheiros. O pinetum da cidade de Ravena, no nordeste da Itália, ficou famoso ao ser pintado pelo pintor inglês Edward Lear (1812-1888). (N. do T.)

recusou-se terminantemente a acompanhá-lo, mas Surbiton, de quem ele gostava muito, finalmente convenceu-o de que, se ficasse sozinho no Danieli[39], morreria de tédio; assim, partiram na manhã do dia quinze com um forte vento nordeste soprando, em um mar bastante agitado. O esporte era excepcional e a vida ao ar livre trouxe a cor de volta ao rosto de lorde Arthur, mas, por volta do dia vinte e dois, ele viu-se tomado de ansiedade por lady Clementina e, apesar dos protestos de Surbiton, voltou para Veneza de trem.

Assim que desembarcou da gôndola e pôs os pés na escadaria do hotel, o proprietário veio recebê-lo com um maço de telegramas. Lorde Arthur arrancou-os das mãos dele, abrindo-os. Tudo dera certo. Lady Clementina morrera subitamente na noite do dia dezessete!

Seu primeiro pensamento foi para Sybil, e ele enviou-lhe um telegrama anunciando seu retorno imediato a Londres. Ordenou então que seu criado fizesse suas malas a tempo da remessa noturna, despachou os gondoleiros pagando-lhes cinco vezes a tarifa normal e correu para sua sala de estar a passos leves e com o coração nas nuvens. Ali encontrou três cartas à sua espera. Uma era da própria Sybil, cheia de solidariedade e condolências. As outras eram de sua mãe e do advogado de lady Clementina. Parecia que a velha senhora havia jantado com a duquesa naquela mesma noite, encantara a todos com sua inteligência e senso de humor, mas voltara para casa bastante cedo, reclamando de azia. Pela manhã, foi encontrada morta em sua cama e, aparentemente, não sentira dor. Sir Mathew Reid foi chamado imediatamente, mas, certamente, não havia nada mais a ser feito e ela seria enterrada no dia vinte e dois em

---

39 Hotel de luxo em Veneza. (N. do T.)

Beauchamp Chalcote. Poucos dias antes de morrer, ela fizera seu testamento, deixando para lorde Arthur sua pequena casa em Curzon Street e todos os seus móveis, objetos pessoais e quadros, à exceção de sua coleção de miniaturas, que iria para sua irmã, lady Margaret Rufford, e seu colar de ametista, que ficaria com Sybil Merton. A propriedade não tinha grande valor, mas o sr. Mansfield, o advogado, estava extremamente ansioso pelo retorno imediato de lorde Arthur, se possível, pois havia muitas contas a pagar e lady Clementina nunca mantivera sua contabilidade em dia.

Lorde Arthur ficou muito emocionado por lady Clementina ter se lembrado dele com tanta gentileza, e sentiu que o sr. Podgers tinha muito a lhe explicar. Seu amor por Sybil, no entanto, suplantava todas as outras emoções, e a consciência de que ele havia cumprido seu dever trouxe-lhe paz e consolo. Quando chegou a Charing Cross[40], sentia-se completamente feliz.

Os Merton receberam-no com muita atenção. Sybil fez-lhe prometer que nunca mais deixaria coisa alguma interpor-se entre os dois, e o casamento ficou marcado para sete de junho. A vida parecia-lhe novamente radiante e bela, e toda a alegria do passado estava de volta.

Certo dia, porém, enquanto ele examinava a casa da Curzon Street na companhia do advogado de lady Clementina e da própria Sybil, queimando pacotes de cartas amareladas e revirando gavetas com todo tipo de bobagens das mais estranhas, a jovem subitamente soltou um gritinho de alegria.

— O que você encontrou, Sybil? — disse lorde Arthur, erguendo o olhar de seus afazeres, sorrindo.

---

40 Terminal ferroviário na região central de Londres. (N. do T.)

— Essa adorável *bonbonnière* de prata, Arthur. Não lhe parece tão exótica e germânica? Deixe-me ficar com ela! Sei que ametistas só vão combinar comigo quando eu tiver mais de oitenta anos.

Tratava-se da caixa que guardara a aconitina.

Lorde Arthur assustou-se e um leve rubor apareceu em sua face. Esquecera-se quase completamente do que fizera, e parecia-lhe uma estranha coincidência que Sybil, por quem ele tinha passado por toda aquela terrível aflição, fora a primeira a lembrá-lo do ocorrido.

— Claro que pode ficar com ela, Sybil. Eu mesmo dei essa caixa de presente à pobre lady Clem.

— Ah, obrigado, Arthur; e posso ficar com o docinho também? Não imaginava que lady Clementina gostasse de doces. Sempre pensei que ela fosse intelectual demais.

Lorde Arthur ficou absolutamente pálido, e uma terrível ideia passou por sua mente.

— Docinho, Sybil? Do que está falando? — disse ele, com uma voz lenta e rouca.

— Há um aqui dentro, apenas isso. Parece que está velho e empoeirado, e não tenho a mínima intenção de comê-lo. Qual é o problema, Arthur? Como você está pálido!

Lorde Arthur atravessou a sala correndo e pegou a caixa. Dentro dela estava a cápsula cor de âmbar, com sua bolha de veneno. Lady Clementina morrera de causas naturais, afinal!

O choque da descoberta foi muito grande. Ele jogou a cápsula na lareira e afundou-se no sofá com um grito de desespero.

CAPÍTULO 5

O sr. Merton ficou bastante amargurado com o segundo adiamento do casamento, e lady Julia, que já havia encomendado seu vestido para o casamento, fez tudo o que estava a seu alcance para convencer Sybil a romper o noivado. Ainda assim, embora Sybil amasse muito sua mãe, ela entregara toda sua vida nas mãos de lorde Arthur e nada do que lady Julia pudesse dizer faria com que sua confiança nele esmorecesse. Quanto a lorde Arthur, ele levou dias para superar a terrível decepção que tivera e, por algum tempo, seus nervos continuaram absolutamente em frangalhos. Seu admirável bom senso, no entanto, logo triunfou, e sua mente, sã e prática, não o deixou em dúvida por muito tempo em relação ao que fazer. Já que o veneno mostrara-se um completo fracasso, dinamite, ou algum outro tipo de explosivo, seria obviamente a coisa certa a se tentar.

Então, ele examinou mais uma vez a lista de amigos e parentes e, após cuidadosas considerações, decidiu explodir seu tio, o decano de Chichester. O decano, homem de grande cultura e erudição, gostava muito de relógios, dos quais possuía uma maravilhosa coleção, indo do século XV até os dias atuais, e parecia a lorde Arthur que esse seu passatempo oferecia-lhe uma excelente oportunidade para executar seu plano. Onde conseguir um artefato explosivo, claro, era outra questão. O catálogo telefônico de Londres não lhe deu nenhuma informação a esse respeito, e ele sentiu que também não adiantaria muito ir à Scotland Yard, já que eles nunca pareciam saber nada sobre os movimentos do grupo de dinamitadores até depois que uma explosão tivesse ocorrido e, mesmo depois, não demonstravam saber muito mais.

De repente, lembrou-se de seu amigo Rouvaloff, um jovem russo de tendências um tanto revolucionárias, que conhecera na casa de lady Windermere no inverno. O conde Rouvaloff supostamente estaria escrevendo sobre a vida de Pedro, o Grande, e viera para a Inglaterra com o objetivo de estudar os documentos relativos à estadia do czar neste país como carpinteiro naval; mas, de modo geral, suspeitava-se que era um agente niilista, e não havia dúvidas de que a embaixada russa não via com bons olhos sua presença em Londres. Lorde Arthur pressentiu que aquele era o homem certo para seu objetivo e, certa manhã, dirigiu-se até as acomodações de Rouvaloff em Bloomsbury, para pedir-lhe seu conselho e ajuda.

— Então você está levando a política a sério? — disse o conde Rouvaloff, quando lorde Arthur contou-lhe o objetivo de sua missão; mas lorde Arthur, que odiava vangloriar-se, sentiu-se obrigado a admitir que não tinha o mínimo interesse em questões sociais e apenas queria tal artefato explosivo para um assunto puramente familiar, no qual ninguém, além dele mesmo, estava envolvido.

O conde Rouvaloff olhou espantado para ele por alguns instantes e, então, ao ver que falava a sério, escreveu um endereço em um pedaço de papel, rubricou-o e entregou-lhe por sobre a mesa.

— A Scotland Yard daria qualquer coisa para saber esse endereço, meu caro amigo.

— Nunca o terá — exclamou lorde Arthur, rindo; e, depois

de apertar calorosamente a mão do jovem russo, desceu correndo as escadas, examinou o papel e pediu ao cocheiro para levá-lo até Soho Square.

Chegando lá, dispensou-o e seguiu caminhando pela Greek Street até um lugar chamado Bayle's Court. Passou por baixo da arcada e viu-se em um curioso beco sem saída que, aparentemente, era ocupado por uma lavanderia estilo francês, já que um perfeito emaranhado de varais fora esticado entre as casas de cada lado da rua e os lençóis brancos tremulavam em meio ao ar da manhã. Ele foi até o fim do beco e bateu à porta de uma casinha verde. Depois de esperar um pouco, tempo suficiente para que cada janela da viela se transformasse em uma massa borrada de rostos à espreita, a porta foi aberta por um estrangeiro de aparência bastante grosseira, que perguntou-lhe em um inglês terrível o que procurava ali. Lorde Arthur entregou-lhe o papel que o conde Rouvaloff lhe dera. Quando o homem viu o bilhete, fez-lhe uma reverência e convidou-o a entrar em uma saleta bastante desleixada no andar térreo e, em poucos instantes, Herr Winckelkopf – como era chamado na Inglaterra – entrou apressado na saleta com um guardanapo todo manchado de vinho ao redor do pescoço e um garfo na mão esquerda.

— O conde Rouvaloff falou-me do senhor — disse lorde Arthur, curvando-se — e estou ansioso para falar-lhe brevemente sobre negócios. Meu nome é Smith, sr. Robert Smith, e gostaria que o senhor me fornecesse um relógio explosivo.

— Muito prazer em conhecê-lo, lorde Arthur — disse o alemão, muito cortês e de baixa estatura, rindo. — Não fique tão alarmado, é meu dever conhecer todo mundo, e lembro-me de tê-lo visto na casa de lady Windermere. Espero que ela esteja bem. Importa-se de sentar comigo enquanto termino meu café da manhã? Há aqui um patê excelente, e meus amigos são gentis o bastante para dizer que meu vinho do Reno é melhor do que qualquer vinho que se pode conseguir na embaixada alemã — e, antes que lorde Arthur se recuperasse da surpresa de ter sido reconhecido, viu-se sentado na sala dos fundos, bebericando um delicioso Marcobrünner em um cálice amarelo-claro com o monograma imperial alemão gravado e tendo uma conversa extremamente amigável com o famoso conspirador.

— Relógios explosivos — disse Herr Winckelkopf — não são muito bons produtos para se exportar, já que, mesmo que passem pela alfândega, os horários dos trens são tão irregulares que costumam explodir antes mesmo de chegarem ao seu destino. No entanto, se o senhor quiser um para uso doméstico, posso fornecer-lhe uma peça excelente, e garanto que ficará satisfeito com o resultado. Posso perguntar-lhe a quem se destinará? Se for a polícia, ou alguém de alguma forma ligado à Scotland Yard, receio nada poder fazer pelo senhor. Os detetives ingleses são, na verdade, nossos melhores amigos e descobri que, ao contar com sua estupidez, podemos fazer exatamente o que quisermos. Não posso prescindir de nenhum deles.

— Asseguro-lhe — disse lorde Arthur — que não há nenhuma relação com a polícia. Na verdade, o relógio será destinado ao decano de Chichester.

— Por Deus! Não fazia ideia de que tinha opiniões tão fortes a respeito de religião, lorde Arthur. Poucos jovens têm atualmente.

— Receio que o senhor tenha me superestimado, Herr Winckelkopf — disse lorde Arthur, enrubescendo. — Na verdade, realmente não sei nada sobre teologia.

— Então trata-se de uma questão puramente pessoal? — Puramente pessoal.

Herr Winckelkopf encolheu os ombros e saiu da sala, voltando em poucos minutos com uma pastilha redonda de dinamite, do tamanho de uma moeda de um centavo, e um lindo relógio francês, com uma imagem dourada da Liberdade pisoteando a serpente do Despotismo no alto.

O rosto de lorde Arthur iluminou-se ao ver o relógio. — É exatamente isso que quero — exclamou ele. — Explique-me como fazer para detoná-lo.

— Ah, aí é que reside meu segredo — respondeu Herr Winckelkopf, contemplando sua invenção com um natural orgulho no olhar. — Avise-me quando quer que ele exploda e configurarei o artefato para o momento certo.

— Bom, hoje é terça-feira, e se o senhor pudesse enviá-lo imediatamente...

— Impossível; tenho um trabalho muito importante em mãos para alguns amigos meus em Moscou. Mesmo assim, poderei enviá-lo amanhã.

— Ah, é tempo mais do que suficiente — disse lorde Arthur educadamente — se for entregue amanhã à noite ou quinta-feira de manhã! Quanto ao momento da explosão, combinemos exatamente sexta-feira ao meio-dia. O decano está sempre em casa a essa hora.

— Sexta-feira, ao meio-dia — repetiu Herr Winckelkopf, anotando a data exata em um grande livro contábil que estava sobre uma escrivaninha perto da lareira.

— E agora — disse lorde Arthur, levantando-se de sua cadeira —, por favor, diga-me quanto lhe devo.

— É algo tão pequeno, lorde Arthur, que não me importo em lhe cobrar nada. A dinamite custa sete xelins e meio, o relógio vai custar três libras e dez xelins e a carruagem, cerca de cinco xelins. Já fico muito feliz em ajudar um amigo do conde Rouvaloff.

— Mas e quanto à sua mão de obra, Herr Winckelkopf?

— Ah, isso não é nada! É um prazer para mim. Não trabalho por dinheiro; vivo inteiramente para a minha arte.

Lorde Arthur colocou as quatro libras e os dois xelins e meio sobre a mesa, agradeceu ao atarracado alemão por sua gentileza e, depois de conseguir recusar um convite para encontrar-se com alguns anarquistas em um jantar com chá no sábado seguinte, saiu da casa e foi para o parque.

Durante os dois dias seguintes ficou em um estado de extrema agitação e, na sexta-feira ao meio-dia, dirigiu-se ao Buckingham à espera de notícias. Durante toda a tarde, o apático porteiro afixou telegramas de várias partes do país, com os resultados das corridas de cavalos, os veredictos em processos de divórcio, o clima e coisas do gênero, enquanto o telégrafo imprimia detalhes enfadonhos a respeito de uma sessão noturna da Câmara dos Comuns e um princípio de pânico na bolsa de valores. Às quatro horas, os jornais vespertinos chegaram, e lorde Arthur desapareceu na biblioteca com o *Pall Mall*, o *St. James's*, o *Globe* e o *Echo*, causando grande indignação no coronel Goodchild, que queria ler os relatos de um discurso que fizera naquela manhã na Mansion House sobre as missões sul-africanas e a conveniência de ter bispos negros em todas as províncias e, por alguma razão, tinha enorme preconceito contra o *Evening News*. Nenhum dos jornais, entretanto, fazia qualquer alusão a Chichester, e lorde Arthur sentiu que sua tentativa deveria ter falhado. Foi um baque terrível para ele e, por um tempo, ficou bastante irritado. Herr Winckelkopf, a quem foi ver no dia seguinte, encheu-se de elaboradas desculpas e ofereceu-se para arranjar-lhe outro relógio de graça ou uma caixa de bombas de nitroglicerina a preço de custo. Mas ele perdera toda a fé nos explosivos, e o próprio Herr Winckelkopf reconheceu que tudo andava tão adulterado atualmente que nem mesmo dinamite poderia ser obtida em estado puro. No entanto, o atarracado alemão, apesar de admitir que algo deveria ter dado errado com seu artefato, ainda tinha esperanças de que o relógio pudesse detonar, dando como exemplo o caso de um barômetro que certa vez enviara ao governador de Odessa que, embora programado para explodir em dez dias, só detonou cerca de três meses depois. A bem da verdade, quando explodiu, conseguiu reduzir uma criada a átomos, já que o governador saíra da cidade seis semanas antes, mas, pelo menos, mostrou que a dinamite, enquanto força destrutiva, sob o controle de um mecanismo, era um poderoso agente, mesmo que nem sempre pontual. Lorde Arthur sentiu-se um pouco consolado por tal reflexão, mas, mesmo assim, estava fadado à decepção, pois, dois dias depois, enquanto subia as escadas de sua casa, a duquesa chamou-o a seu *boudoir*[41] para mostrar-lhe uma carta que acabara de receber do gabinete do decano.

— Jane escreve cartas encantadoras — disse a duquesa. — Você tem de ler a última que chegou. É tão boa quanto os romances que Mudie nos envia.

Lorde Arthur pegou a carta de sua mão. Ela dizia o seguinte:

---

[41] Termo em francês que designava uma saleta usada exclusivamente por senhoras para vestirem-se, receberem visitas e passarem o tempo sozinhas. (N. do T.)

*"Gabinete do Decano, Chichester
27 de maio*

Minha querida tia,

Muito obrigado pelas toalhas para a Sociedade Dorcas, e também pelo corte de algodão xadrez. Concordo com a senhora que é um absurdo eles quererem usar coisas bonitas, mas todo mundo é tão radical e pagão hoje em dia que é difícil fazê-los perceber que não devem se vestir como as classes mais altas. Tenho certeza de que não sei o que será de nós. Como papai sempre diz em seus sermões, vivemos em uma época de falta de fé.

Nós nos divertimos muito com um relógio que um admirador desconhecido enviou a papai na quinta-feira passada. Chegou em uma caixa de madeira vindo de Londres, com frete pago, e papai acha que deve ter sido enviado por alguém que lera seu famoso sermão "Licença É Liberdade?", já que no alto do relógio havia a figura de uma mulher usando o chapéu da liberdade na cabeça, segundo papai. Na minha opinião, não achei muito bonito, mas papai disse que era uma peça histórica, então acho que deva ser um bom relógio. Parker desembrulhou o pacote e papai colocou o relógio sobre o console da lareira da biblioteca, e lá estávamos todos sentados na sexta-feira de manhã quando, ao soar meio-dia, ouvimos um zumbido, uma pequena nuvem de fumaça começou a sair do pedestal da escultura do relógio e a deusa da liberdade caiu, quebrando o nariz no gradil da lareira! Maria ficou bastante assustada, mas a estatueta ficou tão ridícula que James e eu caímos na gargalhada, e até mesmo papai achou graça. Quando examinamos o relógio, descobrimos que tratava-se de uma espécie de despertador e que, se o ajustarmos para um determinado horário e colocarmos um pouco de pólvora e uma tampinha sob um dos martelinhos, ele dispara sempre que quisermos. Papai disse que não deveríamos deixá-lo na biblioteca, já que faz muito barulho, e então Reggie levou-o para a sala de estudos, e ele passa o dia inteiro tendo pequenas explosões. A senhora acha que Arthur gostaria de um desses como presente de casamento? Suponho que relógios assim estejam muito em moda em Londres. Papai disse que eles são muito úteis, pois mostram que a liberdade não dura, e deve cair. Papai disse que a liberdade foi inventada na época da Revolução Francesa. Que coisa horrível!

Agora tenho de ir para a Dorcas, onde lerei sua carta, tão educativa. Como é verdade, minha querida tia, sua ideia de que, dada sua classe social, eles devem vestir o que não lhes cai bem. Devo dizer que é um absurdo essa ansiedade que eles têm por peças de vestuário, quando há tantas coisas mais importantes neste mundo e no próximo. Fiquei tão feliz que a popeline florida tenha lhe caído tão bem e que a renda não tenha rasgado. Vou usar o cetim amarelo que a senhora tão gentilmente me deu na casa do bispo na quarta-feira, e acho que vai me cair bem. A senhora o enfeitaria com laços, ou não? Jennings diz que todo mundo usa laços hoje em dia e que a anágua deveria ser plissada. Reggie acaba de ouvir outra explosão e papai ordenou que o relógio seja levado para os estábulos. Não acho que papai esteja gostando tanto assim do relógio quanto no início, embora tenha ficado muito lisonjeado por ter recebido um brinquedinho tão bonito e engenhoso. Mostra que as pessoas leem seus sermões e aprendem algo com eles.

Papai manda lembranças, assim como James, Reggie e Maria, e, esperando que o tio Cecil esteja melhor da gota, com toda sinceridade, querida tia, sua sempre carinhosa sobrinha,

Jane Percy.

P.S. – Mande-me dizer a respeito dos laços. Jennings insiste que estão na moda."

Lorde Arthur ficou tão sério e infeliz com a carta que a duquesa começou a gargalhar.

— Meu querido Arthur — exclamou ela —, nunca mais vou lhe mostrar a carta de uma jovem dama! Mas o que dizer a respeito do relógio? Acho que é uma grande invenção, e eu mesma gostaria de ter um.

— Não tenho opinião formada a esse respeito — disse lorde Arthur com um sorriso triste e, depois de beijar a mãe, saiu da sala.

Ao chegar ao andar de cima, ele atirou-se em um sofá com os olhos cheios de lágrimas. Fizera seu melhor para cometer esse assassinato, mas, em ambas as ocasiões, ele falhou, e em nenhuma delas a culpa fora sua. Tentou cumprir sua obrigação, mas parecia que o próprio destino o havia traído. Sentia-se oprimido pela sensação de vazio das boas intenções, de futilidade ao tentar ser correto. Talvez fosse melhor cancelar o casamento de uma vez. Sybil sofreria, é verdade, mas o sofrimento não poderia arruinar de fato uma natureza tão nobre quanto a dela. Quanto a ele, que importava? Há sempre alguma guerra na qual um homem pode morrer, alguma causa pela qual um homem pode dar a vida, e como a vida não lhe proporcionava nenhum prazer, então a morte não era nada tenebrosa. Que o destino se encarregasse de sua condenação. Ele não faria nada para ajudá-lo.

Às sete e meia, vestiu-se e foi para o clube. Surbiton lá estava com um grupo de rapazes e ele se viu obrigado a jantar com eles. As conversas banais e as brincadeiras fúteis não lhe interessavam e, assim que o café foi servido, ele partiu, inventando algum compromisso para poder ir embora. Quando saía do clube, o porteiro entregou-lhe uma carta. Era de Herr Winckelkopf, pedindo-lhe que o visitasse na noite seguinte para dar uma olhada em um guarda-chuva explosivo, que disparava assim que aberto. Era uma invenção muito recente e acabara de chegar de Genebra. Ele rasgou a carta em pedaços. Tomara a decisão de não tentar nenhum outro experimento. Então, perambulou até a margem do Tâmisa e ficou sentado por horas à beira do rio. A lua o espiava através de uma juba de nuvens amarronzadas, como se fosse o olho de um leão, e inúmeras estrelas cintilavam na abóbada côncava, como uma poeira dourada em uma cúpula violeta. De vez em quando uma barcaça balançava nas águas turvas e flutuava com a corrente, e os sinais da ferrovia mudavam de verde para vermelho, enquanto os trens cruzavam a ponte aos gritos. Depois de um tempo, soou meia-noite na torre alta de Westminster e a noite parecia estremecer a cada badalada do ruidoso sino. Então, as luzes da ferrovia se apagaram e uma luz solitária continuou brilhando como um enorme rubi em um mastro gigante, e o ruído da cidade foi definhando.

Às duas da manhã ele se levantou e caminhou em direção a Blackfriars. Como tudo lhe parecia irreal! Tal qual um sonho estranho! As casas do outro lado do rio pareciam feitas de escuridão. Poderia se dizer que o mundo fora refeito de prata e sombras. A enorme cúpula da Catedral de St. Paul pairava como uma bolha no ar sombrio.

Quando aproximava-se de Cleopatra's Needle[42], ele viu um homem debruçado sobre o parapeito e, ao chegar mais perto, o homem ergueu o olhar e o poste a gás iluminou-lhe o rosto em cheio.

---

[42] Par de obeliscos egípcios reconstruídos nas cidades de Londres e Nova Iorque no século XIX. (N. do T.)

Era o sr. Podgers, o quiromante! Ninguém seria capaz de confundir seu rosto gordo e flácido, os óculos de aros dourados, o sorriso fraco e doentio, os lábios lascivos.

Lorde Arthur parou. Uma ideia brilhante passou por sua mente, e ele aproximou-se silenciosamente por trás do homem. Em um momento, agarrou o sr. Podgers pelas pernas e jogou-o no Tâmisa. Ouviu-se um xingamento grosseiro, o som de algo pesado batendo na água e, então, tudo ficou em silêncio. Lorde Arthur examinou a água ansioso, mas não pôde ver nenhum traço do quiromante, além de um chapéu alto fazendo piruetas em um redemoinho iluminado pela lua. Depois de um tempo, o chapéu também afundou e nenhum vestígio do sr. Podgers era visível. A um instante ele pensou ter visto a figura volumosa e disforme avançando rumo à escada da ponte e uma terrível sensação de fracasso tomou conta dele, mas tratava-se apenas de um reflexo, que sumiu quando a lua brilhou por detrás de uma nuvem. Finalmente, parecia ter cumprido o decreto do destino. Soltou um profundo suspiro de alívio e o nome de Sybil surgiu em seus lábios.

— O senhor deixou cair alguma coisa? — disse-lhe subitamente uma voz atrás dele.

Ele virou-se e viu um policial com uma lanterna.

— Nada de importante, sargento — respondeu ele, sorrindo, e chamou uma carruagem que passava, saltando para seu interior e ordenando ao cocheiro que fosse até Belgrave Square.

Nos dias seguintes, esperança e medo alternavam-se em seu espírito. Havia instantes em que esperava ver o sr. Podgers entrando na sala e, em outros, sentia que o destino não poderia ser tão injusto com ele. Dirigiu-se duas vezes ao endereço do quiromante na West Moon Street, mas não conseguiu nem sequer tocar a campainha. Ele ansiava por uma certeza, mas tinha medo dela.

Finalmente, a certeza veio. Estava sentado na sala de fumantes do clube tomando chá, ouvindo entediado o relato de Surbiton sobre a mais nova comédia musical do Gaiety[43], quando o garçom entrou com os jornais vespertinos. Ele pegou o *St. James's*, e folheava as páginas com indiferença, quando esta estranha manchete chamou-lhe a atenção:

Suicídio de um Quiromante

Ficou pálido com a agitação, e começou a ler. A notícia dizia o seguinte:

"Ontem, pela manhã, às sete horas, o corpo do sr. Septimus R. Podgers, o eminente quiromante, foi encontrado na orla de Greenwich, bem em frente ao Ship Hotel. O infeliz cavalheiro estava desaparecido há alguns dias e uma aflição considerável por sua segurança era sentida nos círculos quiromânticos. Supõe-se que ele tenha cometido suicídio sob a influência de algum transtorno mental temporário, causado por excesso de trabalho, e um veredicto nesse sentido foi expedido esta tarde pelo médico legista. O sr. Podgers acabara de concluir um detalhado compêndio sobre a mão humana, a ser publicado em breve, quando, sem dúvida, atrairá bastante atenção. O falecido tinha sessenta e cinco anos e parece não ter deixado nenhum parente."

---

43 Gaiety Theatre, teatro localizado na região do West End londrino, inaugurado em 1864 e mantido ativo até 1939. (N. do T.)

Lorde Arthur saiu correndo do clube com o jornal ainda na mão, para absoluta surpresa do porteiro, que tentou em vão detê-lo, e dirigiu-se imediatamente para Park Lane. Sybil o viu da janela e algo lhe dizia que ele trouxera boas notícias. Correu para encontrá-lo e, ao ver seu rosto, teve certeza de que tudo estava bem.

— Minha querida Sybil — exclamou lorde Arthur —, vamos nos casar amanhã!

— Seu tolo! Ora, o bolo nem foi sequer encomendado! — disse Sybil, rindo em meio às lágrimas.

CAPÍTULO 6

Quando o casamento aconteceu, cerca de três semanas mais tarde, a igreja de St. Peter ficou abarrotada com uma perfeita multidão de convidados elegantes. A cerimônia foi presidida pelo decano de uma forma bastante impressionante e todos concordavam que jamais haviam visto casal mais belo. No entanto, estavam muito mais que belos – estavam felizes. Em nenhum momento lorde Arthur arrependeu-se de tudo que sofrera por Sybil, enquanto ela, por sua vez, oferecia-lhe as melhores coisas que uma mulher pode oferecer a um homem: adoração, ternura e amor. Para eles, o romance não findou com a realidade. Sentiam-se sempre jovens.

Alguns anos depois, quando duas lindas crianças nasceram de sua união, lady Windermere veio visitá-los em Alton Priory, um adorável e antigo lugar, que tinha sido o presente de casamento do duque a seu filho; e, certa tarde, enquanto ela sentava-se com lady Arthur sob um limoeiro no jardim, observando o menino e a menina brincando para todo canto no roseiral como raios de sol errantes, pegou subitamente a mão de sua anfitriã e perguntou:

— Você está feliz, Sybil?

— Querida lady Windermere, certamente estou feliz. A senhora não está?

— Não tenho tempo para ser feliz, Sybil.

Sempre gosto da última pessoa que me é apresentada; mas, via de regra, assim que a conheço bem, canso-me dela.

— Seus leões não a satisfazem, lady Windermere?

— Ah, minha querida, não! Meus leões são bons apenas por uma temporada. Assim que suas jubas são cortadas, tornam-se as criaturas mais enfadonhas que há. Além disso, eles comportam-se muito mal se você os trata bem. Lembra-se daquele horrível sr. Podgers? Ele era um terrível impostor. Claro, não me importava com isso e até mesmo perdoei-o quando quis pedir-me dinheiro emprestado, mas não suportava quando dizia estar apaixonado por mim. Realmente acabou fazendo com que odiasse a quiromancia. Meu interesse é pela telepatia agora. É muito mais divertido.

— A senhora não deve falar nada contra a quiromancia aqui, lady Windermere; esse é o único assunto do qual Arthur não gosta que as pessoas falem mal. Garanto que ele a leva muito a sério.

— Você não quer dizer que ele acredita nisso, não é, Sybil?

— Pergunte-lhe a senhora mesmo, lady Windermere, aí está ele — e lorde Arthur apareceu no jardim com um grande punhado de rosas amarelas na mão, com os dois filhos dançando à sua volta.

— Lorde Arthur?

— Sim, lady Windermere.

— Quer dizer que você acredita em quiromancia?

— Claro que sim — disse o jovem, sorrindo.

— Mas por quê?

— Porque é a ela que devo toda a felicidade em minha vida — murmurou ele, atirando-se em uma cadeira de vime.

— Meu caro lorde Arthur, o que você deve à quiromancia?

— Sybil — respondeu ele, entregando à esposa as rosas e olhando-a nos olhos violeta.

— Que bobagem! — exclamou lady Windermere. — Nunca ouvi tanta bobagem em toda a minha vida.

O MILIONÁRIO MODELO

A menos que você seja rico, de nada vale ser um sujeito encantador. O romance é privilégio dos ricos, e não a profissão dos desempregados. Os pobres devem ser práticos e prosaicos. É melhor ter uma renda fixa do que ser fascinante. Essas são as grandes verdades da vida moderna que Hughie Erskine nunca percebeu. Pobre Hughie! Intelectualmente, devemos admitir, ele não tinha muita importância. Nunca disse nada brilhante ou, menos ainda, insolente, em toda a sua vida. Mas era maravilhosamente belo, com seus cabelos castanhos e encaracolados, seu perfil bem definido e seus olhos acinzentados. Ele era tão popular com os homens quanto com as mulheres e era bem-sucedido em todo tipo de habilidades, a não ser quando se tratava de ganhar dinheiro. Como herança, seu pai havia lhe deixado sua espada de membro da cavalaria e uma *História da Guerra Peninsular* em quinze volumes. Hughie pendurou a espada sobre seu espelho e colocou os quinze volumes em uma estante entre o *Ruff's Guide* e a *Bailey's Magazine*[44] e vivia com duzentas libras anuais, que uma velha tia lhe enviava. Ele já tentara de tudo. Esteve na bolsa de valores por seis meses; mas o que uma borboleta era capaz de fazer entre touros e ursos? Já fora comerciante de chá durante certo tempo, mas logo cansou-se do *pekoe* e do *souchong*[45]. Então

---

44 Ver nota 31.
45 Variedades de chá preto originárias da China. (N. do T.)

tentou vender xerez seco. Não deu muito certo, já que seu xerez era seco demais. No fim das contas, não se tornou nada, um jovem encantador e inútil, com um maravilhoso perfil e nenhuma profissão.

Para piorar a situação, estava apaixonado. A garota que ele amava era Laura Merton, a filha de um coronel aposentado que perdera o humor e o paladar na Índia e nunca mais os encontrou. Laura adorava-o, e ele estava disposto a beijar o chão que ela pisava. Eram o casal mais belo de Londres e não tinham nem um centavo no bolso. O coronel gostava muito de Hughie, mas não queria nem ouvir falar de noivado.

— Volte a falar comigo, meu rapaz, quando tiver dez mil libras suas e falaremos sobre o assunto — ele costumava dizer; e Hughie ficava muito tristonho nesses dias, buscando conforto em Laura.

Certa manhã, quando estava a caminho de Holland Park, onde moravam os Merton, ele mudou de ideia e foi ver um grande amigo seu, Alan Trevor. Trevor era um pintor. Na verdade, poucas pessoas escapam a essa sina hoje em dia. Mas ele também era um artista, e artistas são bastante raros. Pessoalmente, Trevor era um sujeito estranho e ríspido, com o rosto cheio de sardas e uma barba ruiva e irregular. No entanto, quando ele pegava o pincel, era um verdadeiro mestre, e suas pinturas eram procuradas com entusiasmo. A princípio, sentira-se bastante atraído por Hughie, é preciso reconhecer, inteiramente por conta de seu charme pessoal. — As únicas pessoas que um pintor deve conhecer — ele costumava dizer — são pessoas *bêtes*[46] e belas, pessoas que são um prazer estético para os olhos

---

46 "Burras", "estúpidas", em francês. (N. do T.)

e um descanso intelectual para os ouvidos. Homens e mulheres elegantes comandam o mundo ou, pelo menos, é assim que deveria ser. — Entretanto, depois que conheceu Hughie melhor, gostou ainda mais dele por seu espírito brilhante e animado e sua natureza generosa e irresponsável, dando-lhe uma *entrée*[47] permanente em seu ateliê.

Quando Hughie entrou, encontrou Trevor dando os toques finais em um belíssimo retrato de um mendigo em tamanho natural. O mendigo em pessoa estava sobre uma plataforma elevada a um canto do ateliê. Era um velho enrugado, com um rosto que parecia um pergaminho amassado, e uma expressão absolutamente lastimável. Sobre seus ombros trazia um manto marrom grosseiro, completamente esfarrapado; suas botas rústicas estavam remendadas e, com uma das mãos, ele se apoiava em uma bengala áspera, enquanto a outra estendia o chapéu surrado, pedindo esmolas.

— Que maravilhoso modelo! — sussurrou Hughie ao apertar a mão de seu amigo.

— Maravilhoso modelo? — berrou Trevor o mais alto que pôde. — Eu diria o mesmo! Não encontramos mendigos como esse todo dia. *Une trouvaille, mon cher*[48]; um Velázquez vivo! Pelos deuses! Que obra Rembrandt teria feito com ele!

— Pobre camarada! — disse Hughie. — Como parece miserável! Mas imagino que, para vocês pintores, seu rosto é sua fortuna?

— Certamente — retrucou Trevor — você não queria um mendigo que parecesse feliz, não é?

---

47 "Entrada", em francês. (N. do T.)
48 "Um achado, meu caro", em francês. (N. do T.)

— Quanto um modelo ganha para posar? — perguntou Hughie, enquanto acomodava-se confortavelmente em um sofá.

— Um xelim por hora.

— E quanto você vai ganhar por esta pintura, Alan?

— Ah, por esta aqui consigo dois mil!

— Em libras?

— Em guinéus. Pintores, poetas e médicos sempre recebem em guinéus.

— Bom, acho que os modelos deveriam receber uma porcentagem — exclamou Hughie, rindo. — Eles trabalham tão duro quanto vocês.

— Mas que bobagem! Ora, olhe só o trabalho que dá aplicar a tinta e ficar o dia todo em pé diante do cavalete! Mas tudo bem, Hughie, para você é fácil falar, mas asseguro-lhe que há momentos em que a arte quase chega à dignidade do trabalho manual. Agora você deve parar de tagarelar; estou muito ocupado. Fume um cigarro e fique quieto.

Depois de algum tempo, o criado entrou e disse a Trevor que o moldureiro queria falar com ele.

— Não fuja, Hughie — ele disse ao sair. — Voltarei em um instante.

O velho mendigo aproveitou-se da ausência de Trevor para descansar por um instante, em um banco de madeira que estava atrás dele. Parecia tão infeliz e miserável que Hughie não pôde deixar de sentir pena dele, e procurou em seus bolsos para ver quanto dinheiro tinha. Tudo que conseguiu encontrar foi um soberano e alguns cobres[49]. "Pobre velho", pensou consigo mesmo,

---

49 O soberano é uma moeda inglesa de ouro com valor monetário equivalente a uma libra, enquanto um cobre pode ser uma moeda de um ou dois centavos de libra. (N. do T.)

"ele precisa desse dinheiro mais do que eu, mas se oferecer-lhe ficarei sem condução por duas semanas"; atravessou o estúdio e colocou o soberano nas mãos do mendigo.

O velho assustou-se e um leve sorriso surgiu em seus lábios enrugados. — Obrigado, meu senhor — disse ele —, muito obrigado.

Então Trevor voltou e Hughie despediu-se, corando um pouco pelo que tinha feito. Passou o dia com Laura, de quem recebeu uma encantadora bronca por sua extravagância e teve de voltar para casa a pé.

Naquela noite, entrou no Palette Club[50] por volta das onze horas e encontrou Trevor sentado sozinho na sala de fumantes, bebendo vinho branco e água com gás.

— E então, Alan, conseguiu terminar o quadro? — disse ele, enquanto acendia o cigarro.

— Já está terminado e emoldurado, meu rapaz! — respondeu Trevor. — E, por falar nisso, você fez uma conquista. O velho modelo que você viu lhe é bastante devotado. Tive de contar-lhe tudo a seu respeito: quem você é, onde mora, qual sua renda, que perspectivas você tem...

— Meu querido Alan — exclamou Hughie —, provavelmente irei encontrá-lo esperando por mim quando voltar para casa. Mas é claro que você está apenas brincando. Pobre miserável! Gostaria de poder fazer algo por ele. Acho terrível que qualquer pessoa possa se sentir tão infeliz. Tenho pilhas de roupas velhas em casa – você acha que ele

---

50 O Brush and Palette Club era um de inúmeros clubes de arte fundados no final do século XIX para apoiar artistas locais e dar-lhes um espaço para discutir e expor suas obras. O Palette Club reunia exclusivamente pintores e foi fundado em 1893. (N. do T.)

gostaria de ficar com alguma delas? Ora, seus trapos estavam caindo aos pedaços.

— Mas ele fica esplêndido neles — disse Trevor. — Não o pintaria com um fraque por nada deste mundo. O que você chama de trapos, eu chamo de romance. O que lhe parece pobreza, para mim é excentricidade. No entanto, vou mencionar-lhe sua oferta.

— Alan — disse Hughie, sério —, vocês, pintores, são um grupo de pessoas sem coração.

— O coração de um artista é sua cabeça — respondeu Trevor. — E, além disso, nosso negócio é perceber o mundo como o vemos, não modificar o que conhecemos. *À chacun son métier*[51]. E agora, conte-me como está Laura. O velho modelo estava bastante interessado nela.

— Você não vai me dizer que falou com ele sobre Laura? — disse Hughie.

— Certamente que sim. Ele sabe tudo sobre o inflexível coronel, a adorável Laura e as dez mil libras.

— Você contou àquele velho mendigo todos os meus problemas pessoais? — exclamou Hughie, ficando muito vermelho e furioso.

— Meu caro rapaz — disse Trevor, sorrindo —, aquele velho mendigo, como você o chama, é um dos homens mais ricos da Europa. Ele poderia comprar Londres inteira amanhã mesmo sem arruinar a conta bancária. Tem uma residência em cada capital, janta em pratos de ouro e pode evitar que a Rússia vá à guerra se assim o desejar.

— Que diabos você está me dizendo? — exclamou Hughie.

---

51 "A cada um, sua profissão", em francês. (N. do T.)

— Exatamente o que digo — disse Trevor. — O velho homem que você viu hoje no ateliê é o barão Hausberg. Ele é um grande amigo meu, compra todos os meus quadros e qualquer coisa do gênero, e há um mês me contratou para pintá-lo como mendigo. *Que voulez-vous? La fantaisie d'un millionaire*[52]! E devo dizer que ele fez uma ótima figura nos seus trapos, ou talvez deva dizer meus trapos; tratava-se de um velho terno que comprara na Espanha.

— O barão Hausberg! — exclamou Hughie. — Por Deus! Eu lhe ofereci um soberano! — e lançou-se a uma poltrona, com uma expressão desanimada.

— Você lhe deu um soberano! — gritou Trevor, irrompendo em uma gargalhada. — Meu caro rapaz, você nunca mais verá seu soberano. *Son affaire, c'est l'argent des autres*[53].

— Acho que você devia ter me contado, Alan — disse Hughie, chateado —, e não ter me deixado fazer papel de tolo.

— Bom, para começar, Hughie — disse Trevor —, nunca passou pela minha cabeça que você saía por aí distribuindo esmolas como um inconsequente. Poderia entender se você beijasse uma modelo bonita, mas dar um soberano a um modelo feio... Por Deus, não! Além disso, o fato é que hoje eu não iria receber ninguém em casa; e, quando você chegou, não sabia se Hausberg gostaria que eu revelasse seu nome. Você percebeu muito bem que ele não estava vestido apropriadamente.

— Que idiota ele deve pensar que eu sou! — disse Hughie.

— De maneira nenhuma. Ele estava muitíssimo animado depois que você saiu; ficava rindo para si mesmo e esfregando

---

52 "O que você quer? É o capricho de um milionário!", em francês. (N. do T.)
53 "Seu negócio é o dinheiro dos outros", em francês. (N. do T.)

as velhas mãos enrugadas. Não conseguia entender porque ele estava tão interessado em saber tudo sobre você; mas agora entendo. Ele vai investir seu soberano no seu lugar, Hughie, pagar-lhe os juros a cada seis meses e ter uma história excelente para contar depois do jantar.

— Sou um pobre coitado — resmungou Hughie. — A melhor coisa que posso fazer é ir para a cama; e, meu caro Alan, você não deve contar isso a ninguém. Não teria coragem de mostrar meu rosto na Row[54].

— Que bobagem! Isso dá altíssimo crédito ao seu espírito filantrópico, Hughie. E não vá embora. Fume outro cigarro, e pode falar de Laura quanto quiser.

No entanto, Hughie não ficou, e voltou para casa sentindo-se muito infeliz, deixando Alan Trevor em meio às gargalhadas.

Na manhã seguinte, enquanto estava tomando café da manhã, o criado trouxe-lhe um cartão onde estava escrito "*Monsieur Gustave Naudin, de la part de Monsieur le Baron Hausberg*"[55]. — Suponho que tenha vindo pedir-me desculpas — disse Hughie para si mesmo, e pediu ao criado que fizesse o visitante subir.

Um velho senhor com óculos dourados e cabelos grisalhos entrou na sala e disse, com um leve sotaque francês: — Tenho a honra de dirigir-me a m*onsieur* Erskine?

Hughie fez-lhe uma reverência.

— Venho da parte do barão Hausberg — continuou ele. — O barão...

---

54 Referência a Rotten Row, pista de cavalos localizada em Hyde Park, parque ao sul de Londres, frequentado pela alta sociedade londrina nos séculos XIX e XX. (N. do T.)

55 "Sr. Gustave Naudin, da parte do sr. barão Hausberg", em francês. (N. do T.)

— Peço-lhe, senhor, que lhe ofereça minhas mais sinceras desculpas — gaguejou Hughie.

— O barão — disse o velho cavalheiro com um sorriso — encarregou-me de trazer-lhe esta carta — e estendeu-lhe um envelope lacrado.

Do lado de fora estava escrito "Um presente de casamento a Hugh Erskine e Laura Merton, da parte de um velho mendigo" e, no interior, havia um cheque de dez mil libras.

Quando eles se casaram, Alan Trevor foi o padrinho, e o barão fez um discurso na recepção.

— Modelos milionários — comentou Alan — são bastante raros; mas, por Deus, milionários modelo são mais raros ainda.

A ESFINGE SEM SEGREDO

Certa tarde, estava sentado do lado de fora do *Café de la Paix*, observando o esplendor e a decadência da vida parisiense e fascinado, enquanto bebericava meu vermute, pelo curioso panorama de orgulho e pobreza que passava diante de mim, quando ouvi chamar meu nome. Ao virar-me, deparei com lorde Murchison. Não nos encontrávamos desde que estivemos na faculdade juntos, quase dez anos atrás, por isso fiquei muito feliz em vê-lo novamente, e apertamo-nos as mãos calorosamente. Havíamos sido grandes amigos em Oxford. Gostava muito dele, era tão bonito, tão animado e tão honrado. Costumávamos dizer que ele seria o melhor dos amigos, se parasse de falar sempre a verdade, mas acho que o admirávamos ainda mais por sua franqueza. Achei que ele estava bastante mudado. Parecia ansioso e confuso, aparentando estar em dúvida a respeito de algo. Senti que não poderia ser por causa do ceticismo moderno, já que Murchison era o mais ferrenho dos conservadores e acreditava no Pentateuco[56] com a mesma convicção com que confiava na House of Peers[57]; concluí então que o problema era alguma mulher e perguntei-lhe se já estava casado.

— Não entendo as mulheres bem o suficiente — respondeu ele.

---

56 Cinco primeiros livros da *Bíblia*, conhecidos como *Torá* pelos judeus. (N. do T.)

57 Câmara Alta do Parlamento inglês, equivalente ao Senado brasileiro. Também conhecida como House of Lords. (N. do T.)

— Meu caro Gerald — disse-lhe eu —, as mulheres foram feitas para serem amadas, não para serem compreendidas.

— Não posso amar se não confio — respondeu ele.

— Acredito que você tem um segredo em sua vida, Gerald — exclamei. — Conte-me a respeito.

— Vamos dar um passeio — respondeu ele —, há muita gente aqui. Não, uma carruagem amarela, não, qualquer outra cor... Ali, aquela verde-escura serve — e em poucos instantes descíamos o *boulevard* em direção a Madeleine[58].

— Para onde devemos ir? — perguntei.

— Ah, qualquer lugar que quiser! — ele me respondeu. — Para o restaurante no Bois; jantaremos lá e você me contará tudo sobre você.

— Quero ouvir a seu respeito antes — eu disse. — Conte-me seu segredo.

Ele tirou do bolso um pequeno estojo de couro de cabra com fecho de prata, entregando-o para mim. Eu o abri. No seu interior, havia a fotografia de uma mulher. Era alta e esbelta, e estranhamente exótica, com os olhos grandes e vazios e os cabelos soltos. Parecia uma clarividente e estava envolta em suntuosas peles.

— O que acha desse rosto? — perguntou-me. — Acredita ser sincero?

Examinei-o cuidadosamente. Pareceu-me o rosto de quem tinha um segredo, mas não saberia dizer se o segredo era bom ou mau. Sua beleza era moldada por muitos mistérios – na verdade, a beleza psicológica, não plástica – e o tênue sorriso que aparecia em seus lábios era sutil demais para ser realmente doce.

---

58 Bairro de Paris. (N. do T.)

— Bom — ele gritou, impaciente —, o que tem a me dizer?

— Ela é a Monalisa em pele de marta — respondi-lhe. — Conte-me tudo sobre ela.

— Agora não — disse ele. — Depois do jantar — e começou a falar sobre outras coisas.

Quando o garçom trouxe nosso café e os cigarros, lembrei Gerald de sua promessa. Ele levantou-se de sua cadeira, deu duas ou três voltas para cima e para baixo no salão e, lançando-se a uma poltrona, contou-me a seguinte história:

— Certa tarde — começou ele — estava descendo a Bond Street por volta das cinco horas. Houvera um terrível acidente de carruagens e o tráfego quase fora interrompido. Perto da calçada havia uma pequena carruagem amarela que, por algum motivo, atraiu minha atenção. Ao passar ao seu lado, vi o rosto que mostrei-lhe esta tarde. Ele me fascinou imediatamente. Fiquei pensando nele noite adentro, e por todo o dia seguinte. Perambulei para todo lado naquela miserável Row[59], espiando dentro de todas as carruagens, à espera da carruagem amarela; mas não consegui encontrar *ma belle inconnue*[60] e, por fim, comecei a pensar que tratava-se apenas de um sonho. Cerca de uma semana depois, estava jantando com Madame de Rastail. O jantar era às oito horas; mas, às oito e meia, ainda estávamos esperando na sala de estar. Finalmente, o criado abriu a porta e anunciou lady Alroy. Era a mulher por quem estava procurando. Ela entrou vagarosamente, parecendo um raio de luar envolto em renda cinza, e, para minha grande alegria, pediram-me para conduzi-la à mesa de jantar. Depois de nos sentarmos, comentei inocentemente: "Acho que a vi na Bond Street há algum tempo,

---

59 Ver nota 54. (N. do T.)
60 "Minha bela desconhecida", em francês. (N. do T.)

lady Alroy." Ela ficou muito pálida e disse-me em voz baixa: "Por favor, não fale tão alto: poderão ouvi-lo." Senti-me péssimo por ter começado tão mal e mergulhei imprudentemente no assunto do teatro francês. Ela falava muito pouco, sempre com a mesma melodiosa voz baixa, e parecia ter medo de que alguém a ouvisse. Apaixonei-me completa e estupidamente, e a indefinível atmosfera de mistério que a envolvia despertou minha mais ardente curiosidade. Quando ela estava para ir embora, o que fez logo após o jantar, perguntei-lhe se poderia ir visitá-la. Ela hesitou por um momento, olhou em volta para certificar-se de que ninguém estava por perto e então disse: "Sim, amanhã às quinze para as cinco." Implorei a Madame de Rastail que me contasse algo sobre ela, mas tudo que pude descobrir foi que ela era viúva e tinha uma bela casa em Park Lane e, como algum cientista enfadonho começou uma dissertação sobre viúvas, exemplificando a sobrevivência do mais apto para matrimônios, saí e fui para casa.

— No dia seguinte, cheguei pontualmente a Park Lane, mas fui informado pelo mordomo que lady Alroy acabara de sair. Fui para o clube muito infeliz e bastante intrigado e, após muito refletir, escrevi uma carta para ela, perguntando-lhe se poderia tentar minha sorte em alguma outra tarde. Fiquei sem resposta por vários dias, mas finalmente recebi um bilhete dizendo que ela estaria em casa no domingo às quatro horas, com esse extraordinário *post scriptum*: "Por favor, não me escreva nesse endereço novamente; explico-lhe quando vê-lo". No domingo, ela me recebeu e foi completamente encantadora; mas quando eu estava saindo, implorou-me que, se tivesse a oportunidade de escrever-lhe novamente, deveria endereçar minha carta à "Sra. Knox, aos cuidados da Biblioteca de Whittaker, Green Street". "Há razões," disse-me ela, "pelas quais não posso receber cartas em minha própria casa."

— Durante toda a temporada, vi-a muitas vezes, e a atmosfera de mistério nunca a abandonou. Às vezes, eu pensava que ela estava sob o domínio de algum homem, mas parecia tão inacessível que não podia acreditar nisso. Era-me realmente muito difícil chegar a qualquer conclusão, pois ela era como um daqueles estranhos cristais que vemos nos museus, ora claros, ora turvos. Por fim, resolvi pedir-lhe em casamento: estava farto do infindável sigilo que ela impunha a todas as minhas visitas e às poucas cartas que eu lhe enviava. Escrevi para a biblioteca para perguntar-lhe se poderia me ver na segunda-feira seguinte, às seis horas. Ela respondeu que sim, e senti-me no sétimo céu de tanto prazer. Estava completamente apaixonado: apesar de todo o mistério, pensei então – agora vejo que era consequência dele. Não; era a própria mulher que eu amava. O mistério me incomodava, me enlouquecia. Por que o acaso colocara-me em seu caminho?

— Você descobriu o que era, então? — exclamei.

— Receio que sim — ele respondeu. — Você poderá julgar por si mesmo.

— Quando chegou a segunda-feira, fui almoçar com meu tio e, por volta das quatro horas, já estava em Marylebone Road. Meu tio, como sabe, mora em Regent's Park. Queria chegar a Piccadilly e peguei um atalho que passava por várias ruelas miseráveis. De repente, vi-me diante de lady Alroy, com o rosto coberto por um véu, caminhando muito rápido. Ao chegar à última casa da ruela, ela subiu os degraus, pegou uma chave e entrou. "Aí está o segredo", disse a mim mesmo; e corri para examinar a casa. Parecia uma espécie de hospedaria. Na soleira da porta, encontrei seu lenço, que ela deixara cair. Peguei-o e coloquei-o no meu bolso. Então, comecei a pensar no que deveria fazer. Cheguei à conclusão de que não tinha o direito de espioná-la e fui para o clube. Às seis horas, fui visitá-la. Ela encontrava-se deitada em um sofá, em um vestido informal prateado que sempre usava, amarrado com estranhas opalinas. Estava linda. "Estou tão feliz em vê-lo", disse ela; "não saí o dia todo." Fitei-a espantado e, tirando o lenço do bolso, entreguei-o para ela. "Você deixou cair isto na Cumnor Street esta tarde, lady Alroy", eu disse com muita calma. Ela me olhou aterrorizada, mas não tentou pegar o lenço. "O que você estava fazendo lá?", perguntei-lhe. "Que direito tem você de me questionar?", ela respondeu. "O direito de um homem que a ama", respondi. "Vim aqui para pedir-lhe que seja minha esposa." Ela escondeu o rosto entre as mãos e começou a chorar. "Você precisa me dizer", continuei. Ela se levantou e, fitando meu rosto, disse: "Lorde Murchison, não há nada a ser dito." "Você foi encontrar alguém", gritei; "Este é o seu segredo." Ela ficou terrivelmente pálida e disse-me: "Não fui me encontrar com ninguém". "Você não pode dizer a verdade?", exclamei. "Já a disse", respondeu ela. Eu estava louco, frenético; não sei o que disse, mas sei que lhe disse coisas terríveis. Finalmente, saí correndo da casa. Ela me escreveu uma carta no dia seguinte; enviei-a de volta sem abrir e parti para a Noruega com Alan Colville. Retornei depois de um mês e a primeira coisa que vi no *Morning Post* foi a morte de lady Alroy. Ela pegou um resfriado na ópera e morreu cinco dias depois de congestão pulmonar. Calei-me e não vi ninguém. Eu a amara tanto, amei-a tão loucamente. Por Deus! Como amei aquela mulher!

— Você foi para a ruela, para a tal casa? — perguntei.

— Sim — ele respondeu.

— Certo dia, fui para Cumnor Street. Não pude evitar; estava sendo torturado pela dúvida. Bati à porta e uma mulher de aparência respeitável abriu-a. Perguntei-lhe se tinha algum quarto para alugar. "Bom, meu senhor", respondeu ela, "essas salas estão aí para alugar; mas não vejo a senhora há três meses, e como estão devendo o aluguel, o senhor pode ficar com elas." "É esta a senhora?", eu lhe perguntei, mostrando a fotografia. "É ela, com toda certeza", ela exclamou. "E quando ela volta, meu senhor?" "A senhora está morta", respondi. "Ah, meu senhor, espero que não!", disse a mulher. "Era a minha melhor locatária. Pagava-me três guinéus por semana para simplesmente sentar-se em minha sala de vez em quando." "Ela encontrava-se com alguém aqui?", disse eu; mas a mulher assegurou-me que não era nada disso, que ela sempre vinha sozinha e não via ninguém. "Que diabos ela vinha fazer aqui?", gritei. "Ela simplesmente ficava sentada na sala, senhor, lendo livros, e às vezes tomava chá", respondeu a mulher. Eu não sabia o que dizer, então dei-lhe um soberano e parti. Agora, o que você acha que tudo isso significa? Você não acredita que a mulher estava dizendo a verdade?

— Acredito.

— Então, por que lady Alroy ia lá?

— Meu caro Gerald — respondi. — Lady Alroy era simplesmente uma mulher viciada em mistérios. Ela alugava esses quartos pelo prazer de lá ir coberta por um véu, e imaginar-se uma heroína. Ela tinha paixão por um sigilo, mas era apenas uma esfinge sem segredo.

— Você realmente acha isso?

— Tenho certeza — respondi.

Ele tirou o estojo de couro de cabra, abriu-o e olhou a fotografia. — Será que quero saber? — disse, finalmente.

Impressão e Acabamento
Gráfica Oceano